河出文庫

返らぬ日

吉屋信子

河出書房新社

かゝる日を過ぐせる人びとへさゝぐ

信子

再刊に際して

わが若かりし日に、さらに若き少女らに贈りし作品、ここに求められてふたたび世に出ず、いまの世のうら若きひとびとのこをよみて何と思い給うや。

一九四九年春

著者

目次

返らぬ日

七彩物語

返らぬ日

返らぬ日

一、夕化粧

鐘ひびきて――

放課の鐘の音――それは一時間ごとに鳴るものながら、かつみは、わけても終りの鐘の音を哀れ深い余韻に思わずには居られない。

学校という籠から、放たれる喜び、今日いちにちの残り少い陽ざしの《時》を、いとせめても自分のものとして、しかく自由にかつ思いのままに振舞えるものを、強い言葉で言い現すなら、自由に生きる時を持ち得る……とでも――。しかし、かつみは一つの籠からまたも、もひとつの籠に入る身に過ぎなかったとは云え――寮舎には彌生があるものを。

それゆえにこそ、かつみも、また放課の鐘の音をまちわびる子だったので。

彌生とかつみが初めて相見し時、かつみの魂はおののいた。十七の処女の感情と官能を通じて与うるかぎりの《耽美》への憧れは、全く完全にその頂上にまで満たされ切ったのである。

かつみの二つの瞳と、そして一つの心臓に受け取った、彌生の美しさは、あわれ、いみじくも此の現世にたぐいなきものだった。一つありて又二つ在るをゆるされぬ此の美よ！　あわれ、あわれ、いかなる言葉、いかなるものに譬えんか、いな、いな、譬うるにものなきを、そは、うつくしさぞ。

しかも、その美しさに加うるに、それともなしに含まれたひといろのでかたんすの味わいと匂いは、いやさらにかつみの感覚を悩ましくも魅して昂ぶらせずにはおかない。

かつみよりは僅に一つの年齢を超ゆるに過ぎぬ処女にして早くもでかたんすの色彩を帯ぶるという彌生その子の出生はそも何のゆかりぞ。

日本橋は小舟町のほとり乾物問屋の老舗、入山形に一の字濃く引く相模屋一郎右衛門の妾腹の子――彌生はそれだった。母は柳橋の巷間清元をもって鳴り、江戸の血をひく歌姫、一郎右衛門が土蔵を二つ三つ売るほどの黄金を代償としたばかりに、彼女は赤坂新町の隠れ家に身をひそめて、人妻ならぬ日陰の侘しさにうなだれて、仄に咲く待宵草の灯の入がての夜をいのちの儚ない生涯を送った。しかもその生涯はあえかに束の間の短かさであった。彼女にとりては唯ひとり子の彌生に嫋やかな乳房を含ませる間もあらなくに、かぼそい日陰の花はもろくも散って逝った。

母をなくした子は当然の手許に引き取られるのを、相模屋の主一郎右衛門は養子の身分だった。先代一郎右衛門の老妻が御隠居様として、かなりの権力を握っていたその家では、養子の分際で大金をかけて歌姫を寵妾とするなど、すでにもっての外の曲事だった。その上、その妾腹の子を血統正しく何代と打ち続いた家庭へ引き取るのは、相模屋ののれんに泥を塗るにひとしい仕業だと——その御隠居が首を揮って許さなかった。

やむを得ない——、ほんとにやむを得ない——彌生はかくて埼玉粕壁の造酒屋の某家、一郎右衛門の実家への里子のようにあずけられてしまった。土地の小学校を終ると共に東京の女学校の寄宿舎にあずけられた。そこは仏蘭西の正統派のカソリックの女学校だった。彌生はそこで五年目の春をもう迎えたのは、この春である。亡き母からゆずられた美貌の年毎にいやましてまさりゆく彼女の前に突如として現れたのは、かつみそのひとだった。

かつみは上海で生れて育ち、仏蘭西租地のカソリックの学校で学んで、此の春遠く転校して同じ寄宿舎に入って来た子である。かつみは生れながらにして不思議な宿命を負うて来た者だった。第一に彼女は早熟だった。精神的にも、いち早く童話や少女小説の読ものから逃れて一足飛びに大人の世界の読ものに走り、彼女自身それに模倣せる文章を綴る業さえ敢て為し得た。しかも、それにも増して彼女の感覚と官能は外の世界へ打開かれてのびてゆくのである。しかし、それはけっして青春への開幕の早きが、世の常の路なる性への呼びかけではなかった、けっしてなかった。

かつみのそれは、同じ性へのやむことなき祈願に似たる、思慕と燃ゆるが如き恋情であったので……《あぶのうまる》科学者達は冷くこう呼ぶであろう。此の愛の感情よ！

同じ性のひとの持つ、黒髪の匂い、瞳の艶、肌の感触、唇の色、そしてふくよかな胸に抱く女性的なるもののデリカな心情、それらのすべてが、かつみにとっては、世にも貴とくありがたき限りのものであった。

上海生れの、かつみは石造りの洋館に育ち、赤ン坊の時代から洋服を着せられて靴と帽子を離れぬ生活である。小学生のおかっぱから、ずうと通して女学校五年という春も、なお断髪のまま、漆黒（しっこく）の髪を左右に分けてブラシをかけることは知れども、丈（たけ）なす黒髪をくしけずる術（すべ）さえいまだ知らぬ処女だった。それゆえにか、かつみは日本のキモノ、帯、袂（たもと）、裳（もすそ）、褄（つま）、襟（えり）、そして黒髪ながき風情の、姿になみならぬ憧れとこのましさを強く強くもっていた。そのかつみが祖国の日本へ帰った。そして東京へ、そしていまの学校へ、そして寄宿舎へ、そして、そして彌生に出会ったのだった。

彌生の黒髪は脊（せ）を流れて余りあった。袂は長く紅の振りは芍薬（しゃくやく）の葩（はな）のごとこぼれて、胸高く裳長く袴（はかま）をひくもうるわしいが、寮に帰りて友禅（ゆうぜん）模様のなまめきし帯にこれを代うる時その艶（えん）なるは、さながらに絵姿であった。靴など称するものは、生れていまだに足にしたこともないであろうと思われる褄先にちらりと仄（ほの）見ゆる繻子（しゅす）の白足袋（たび）の先くぐる紅びろうどの鼻緒（はなお）のろうたけしよ、かくて美貌は女性にとりては其の一切（いっさい）のものの上に君臨すると言うが如くんば、彌生はまさしくその幸運の王冠を戴ける者だった。

かつみは今輝ける女人像の前にひれ伏す《女性美》への礼賛（らいさん）者であった。此の世では実現しあたわぬと思いしほどの思慕の焔（ほのお）と恋情の血潮の沸（たぎ）りを彌生によって完全に与えられ尽したのはかつみだった。

いっそ――死んでしまう――

かつみは彌生に逢い初めた日頃、こんなに切ない気持だった。

おおよそ《片思う》その辛さ、侘しさ、やるせなさ、手頼りなさ、もの狂おしさ、苦しき痛みよ、経験なき者達には想像だにも及びがたいであろう、それゆえに――かつみはほんとにもう少しで、発狂するかも知れないほど、一種の恐しい熱病にかかってしまった。しかしかつみにも、心の奥のどん底には少しの理智らしきものをおし隠していたからこそ、きちがいにもなり得ずに、あえぎ苦しんで日を続けていたのだった。

恋する者は、矛盾した二つの心理的じれんまに陥いるらしい。かつみはひそかに思いを寄する彌生に、自らの恋情を知られるのをいたくも恐れはじらいつつも、又一方に於ては自らの存在を相手に認識され度い慾望をも持たねばならなかった。この二つのものはかつみの心臓の中で絶えず空しい争いを交していた。

此の二つのいずれが最後まで強く勝ちを占め得たか？

さくらばな咲く頃、ふたりは相あえど、言葉をしたしく打ち交すおりとてもなく、もうそのはなはしずこころなくちりゆくものを、どうしようとて、ひとりやるせないかつみのこいごころよ。

　はるにおくれて咲く花のうらさびしさ、みな色がしらけて沈んでいるように、うこん桜、白いつつじ、山吹、合歓の木、花屋の硝子窓のシクラメンの鉢さえ色がうすらいでさめてゆく、かつみはすっかり陰気になってしまった。その頃だった——校長の仏蘭西の尼様の誕生日の祝祭が毎年の例で盛大に校内で行われたのは。

　ずいぶん久しい前からの準備の気ぜわしさも、その日のお祭りの賑いと、騒ぎが、ひとわたりすんで黄昏が見舞って来る頃は、もう人々はがっかりしてしまう。そんな時、かつみは人一倍神経的に疲れてしまうたちだったから、早くから寄宿舎へ逃げて帰るように来てしまって居た。その時やはりお祭りさわぎの雑沓からすばやく身を避けて来たらしい、彌生とぶつかった——というわけは、寄宿舎の部屋に拗ね者らしく閉じこもって見つかるといけないと思い、かつみは智慧をしぼったつもりで、ふだんはのぞいた事もない南側の廊下のつきあたりの露台に出て行ったのである。上から下まで厚いぎやまんめきしふらんすどあをかっきと開くと、もう其処にはすでに人影が有った。彌生そのひとぞ在りぬ！

その君もまた、あはれややにかろき疲れを帯び給うにや、嫋やかに半身を欄によりかからせて、いささか面伏せて暮色濃くせまる校庭のあたり、見つむるともなき、たゆたいの面持よ、おお、げにうるわしのひとかな、ひとかな。

突如として入り来りし、闖入者の跫音に気づきしか、それかあらぬか、佳きひとは静に瞳をあげた。その瞳の中に映じたのは、かつみの姿、黒びろうどに白の絹れいすで襟を飾った単純な礼装のどれす、黒絹の靴下長くえなめるの飾り靴、短く切りはなった房々と乱るるに任せた断髪、背高きままにやや瘠せて、面の色は蒼みがかって、色素濃く小麦色のぶるうねっと型、双眸は円らに大きく見開いて、いささか大人びし憂鬱の熱情を帯びたる様、ぐろてすくなその容貌、その姿——彌生はしばし、じいっと見入った。そして次の瞬間に、婉然と微笑をもってその唇を破った。

夜毎のゆめにも通う恋しきひととの最初の微笑を今受け取ったかつみの心臓はいちどにぎゅっと握りつぶされた思い、恐しきほどの感激の衝動に、彼女は露台からいきなり飛び降りたくなるほどだった。

『いらっしゃいな』

美しき唇は微笑の次にこの声音をもらしたではないか。かつみはもうしんでもいいと思った……。

恋する相手の人に認識されんと乞い願う慾望はすでに達しかけて来ようとした時、かつみには勇気が必要だった。勇気が……。欄の近く走りよる如く取りすがったかつみは、もう胸をわくわくさせていた。何をこのひとに向って第一の言葉を贈るべきか！　もしも思いのたけを打ち開くならば、言葉の洪水、言葉の選びにまず自分が卒倒してしまうかも知れなかった。

絶えずそそがれる彌生の美しい視線を浴びて、かつみは顫えていた。

『なぜ、そう黙っていらっしゃるの？　私とお話なさるのおいや？』

彌生の方からふたたび口を切った。もう、もう、かつみはどうしていいかわからない！

勇気が、勇気が必要だった。あくまでも必要であった。遂にかつみは勇気を少し持ち得た。

『あの、ごめんなさい、私、私、あの、あの、何からどうして、どんな風にお話をし出していいか、言葉が、ことばがみつからないんですから……』

かつみはしどろもどろになって、ようやくこれだけ告げ得た。

『そう……日本語ではおいやなの？』

彌生のこの言葉に、かつみはいよいよ慌てふためいた。上海生れのかつみは幼時の環境上からふれんちのこんべるさすしょんだけは級（クラス）の中でも学ばずして巧みだったから——彌生はふと思いちがいをしてしまったのだ。

『いいえ、いいえ、そんなそんなことじゃあありません。あのう……私……あんまりひどく貴女（あなた）が好きなものだから、それでものが言えなくって……』

ひと息に言ってしまって、かつみは見栄（みえ）もなく欄干（らんかん）にかじりついてしまった。たとい死刑の宣告を受ける罪人だって、こんな恐ろしい瞬間を待つはずがないとまで思った。その苦しさ。

『…………』

あわれ、佳きひとの答（いら）えの言葉はなかった。いつまで待って——ああ……かつみは決心した。もう欄干からひらり身をかわして飛び降りて石甃（いしだたみ）に身を砕いてしまおう……こう思いつめて今更（いまさら）に泪（なみだ）が溢れ出ようとした時、優しい指先はひしと強くかつみの欄にしがみつかせていた手の上にくわえられた。熱き血潮の通う掌（たなそこ）二つの触感、胸せまるまでに強く強く握りしめられて、その耳もとに紅い花のような唇は思い濃き言葉を囁くのだった。

『……私もなの、もうせんから、……この春ここへ移っていらっした時から、……この学校へ上ってから私の魅かされたひとは貴女ひとりっきりよ……』

——呼ぶ声あり同じく答うる声あり《きみを思う》《われもまた恋う》と山彦に似し恋のうれしさ。

ふたりが放課の鐘を待ち侘びる子となったのも、それからのこと——寮に帰れば、またも夜の自修の時間が待ちこがれた。勿論勉強をいそぐのではない、自修室でいっせいに皆が机の上に眼を走らせているとき、彌生、かつみふたりの四つのひとみは合図を仕合う、そして、ひとりがそうと跫音を忍ばせて自修室の扉をひそかに開いて逃れる。その後を追ってひとりが……そして、南方の暗い夜の露台へ忍びゆく。

『ひるの間はだめね、ちっとも会う時がなくって』

かつみは嘆息をした。

『だって、いいわ、私は夜がだいすきなの、《あいびき》には夜こそふさわしいと思わない、かつみさん、私には真昼の太陽はあんまり明るく強すぎていけないの』

彌生が眉をよせて、しみじみと語らえば、

『じゃあ、まるで夕顔の花みたいなのね』

かつみは笑ったけれど、やっぱり自分もいつか夜の世界を慕う子になっていた。

『昼の世界は私たちには向かないのさ、ね、かつみさん考えてごらん、昼の世界の持つものは、苦しい労働と目まぐるしい活動と浅ましい生存競争ばかりよ、けれど夜の世界はね、まるですばらしい王様の宝石箱のように《神秘》や《恋》や《歓楽》やたくさん持っているのだもの』

こう語らう彌生に身も心もうつつにて、より添うかつみはふとえならぬ妙なる香を知った。何んと名づけよう、そこはかとのう佳き人の身辺から漂よい湧くが如きうるわしい匂いよ、いかなる花の蕊もこれほどのよき匂を葩に浸ますことは出来ぬと思うほど……仄にしかもやさしくかつみの身を柔らかに包むその匂いよ、――遠く鳴り響く夜の鐘――自修の時は終りを告げて、眠りに入るを知らする鐘である――

『じゃあ、またあしたの夜ね。きっとよ』

『ええ』

人に姿を見られぬよう、またひとりずつ、そうと跫音を忍ばせて薄暗い廊下へ身をかくしてゆく。

日曜日のゆうべ、自修の時間の無いままに、かつみは彌生の部屋の扉を叩(ノック)した、中から答(いら)えもなく、又なんのものの気配もなく、しずもりかえっていた。思い切って扉を開けると中には誰もいない、彌生はいない、『ずいぶんね、私が来るのがわかっているくせに』かつみはちょっと恨んで見たかった。

彌生の机の前に立つと小さな紙片(かみきれ)に走り書した字が見えた。

いま、日本橋の店から父が面会に来たの、しかたなしに応接室へ行って来ます。
まっていて頂戴。

『ああ、そうだったの』かつみはわけがわかって、ほっとしたように、その机の前で部屋の主の帰りを待っていた。

薄命(はくめい)な愛妾(あいしょう)の忘れがたみにその父なるひとのかけるふびんは厚いのか、なかなか彌生は帰って来なかった。ひとを待つ間のしょざいなさにかつみは、彌生の机の抽(ひ)き出しを、そっと開けてみたくなった。懐かしいひとの机の抽き出し、その中を一寸(ちょっと)でもちらと覗き見たい、いたずらな気持にそそられた、『彌生さん、かんにんしてね』甘えた様にこう言い訳の独りつぶやきをして、抽き出しのとってを引いて開けた。

中には金の蒔絵の朱塗の手箱がひとつ、秘められたもののように置いてあった。かつみの好奇心は燃えた。そしてその手箱の蓋は取られたと思うと、ぱあとむせぶが如き丁字香の匂いがつよく漂いこぼれた。箱の中には胸もときめく白粉の香に浸みた牡丹刷毛、丁字の匂いと露にときしか白粉の壺、玉虫色の口紅皿、細かな眉刷毛に黛の跡、……かつみはそれらの品々をひとめ見ると気が遠くなりかけた。おきてきびしい修道院さながらのこの寮舎にあってはただ信仰と礼拝と勉学のみ、あらゆる世の常なる官能的なる仕業はかたく禁ぜられてある。この寮舎に、小説本と化粧は、修業のさまたげとして、特にきびしく禁則の札の立てられてあるものだった。その禁律をかくもみごとに打ち破って、ひそかに夕べ夕べの化粧を忘れず白粉刷毛をとって黛えがくあの異端の君よ、入浴の際すら肌を曝すは身の汚れといとうて、単衣の衣をまとわせて湯槽にひたらねばならぬ此の寮舎の中で、かくもみごとに掟を裏切って、夕化粧に身をやつす異端破戒の子のさても小気味よさよ。

美を愛で、感覚を愛する人間は、いやが上に美しさを求めさらに官能の刺激を追求せずには置かない、いかなる宗教禁慾の力も、もう近代人の鋭い末梢神経のこの強調を止むる事は不可能のはずゆえに――夜毎ひそかに相会うかの露台の闇にもしるく仄匂うはこの丁字香の白粉に口紅に黛のときめく匂いだったのか。かつみは初めて美しい謎を解き得た。つと手にとりて持ち添えし牡丹刷毛のたよたようち匂うに身も魂も、かつみは夢心地にうっとりとなってしまった。

――扉の前に軽い跫音は止まった。千人の中からもそれとはっきりわかるかのひとの跫音だった、……彌生はやがて扉を開いて入り来るのであろう。

二、青葉病

『このごろったら、あの何んだか頭が重くて、いやあねえ……』

そう――ほんとに、やるせなさそうに彌生が言ったのは――五月のはじめ頃の土曜日の午後、ふたりが赤坂見付ほとりのシネマを出て、お濠に添うて歩いている時だった。

『ああ、わたしもなの』

かつみが投げやるように言い返した。

青葉時の悩ましさは、とりわけてうら若い子達を苦しめずにはおかないものを、こうへんに空気が粘って、もの思わしげにたよたよして、なぶられているような苛立しさ、むやみと憂鬱で我慢の出来ないほど……いったいどうすればいいんだろう。若い者はまるで町はずれの灰色の建物のきちがい病院の窓へ閉じこめられたくなってしまうというのに――ふしぎにも憎らしく悩ましいかぎりの青葉時のもたらすえたいの知れない、めらんこりいよ。

『そら、何とかいう道学者が言っているでしょう。人間は青春時にいろいろの病気を持つものだって、《恋愛》という熱病もある、《反抗》という発作にも罹るって、《懐疑》という感冒もひきやすいって……ね、けれどこんなにまで私達が季節に支配される苦しいひとときのあるでりかな事は知れないのよ』かつみはそんなことを言った。

『そう、病気になれば、さしずめ青葉病とでも言うのかしら？』彌生はちらと美しい乳歯を唇にのぞかせて微笑みの声音でこういう。

『あッ、青葉病！　青葉病、すてきねぇ、五月よ、五月、地上の若き子青葉に病むって……』

かつみはむしょうに嬉しがって、こんな言葉を口吟んだりする。

ふたりはいつかの橋の袂にさしかかっていた。その橋は美しいものだった。そのかみの大江戸の名所図会さながらの優雅さを持つ、古りし擬宝珠の欄干の木の橋よ、生々しく洋風化されゆく首都の巷にありて、奇しい古典的なるものとの交錯を外濠に見せる此の木の橋の姿のなつかしさ、かつみは欄をさするが如くなつかしんで身を寄せた。彌生もつと傍に来てよりそえば……夕月はかなたに清水谷(しみずだに)の公園の青葉の木立の上にあわれほのかにぞも。

夕月を戴く橋の擬宝珠の欄にすがる乙女ふたり、さはさりながら彌生の姿こそいみじくも、まこと、その背景にふさわしいものであった。セルを嫌った素袷(すあわせ)の友禅の袂は長い麗(うるわ)しい襟元に真白き襟をかすかに見せて、匂う黒髪をお濠の風になびくにまかせて……惜(おし)むらくは袴がその姿を近代から脱せられぬとりなしにしてはいるけれども、フェルトの草履の爪先揃えて嫋(しな)やかに立つを見れば、おお、などて、君よ、かくも美しき子に在り給うや！

泪こぼるる思いをかつみは感じた。

『少し疲れて？』かつみは美しいひとへのいたわりを忘れずに、声をかけた。しばし沈黙(しじま)の打ちつづきし後に――

『いいえ――でも……』と口ごもるのを引き取るように、

『シネマはごめんよって言うのでしょう』かつみはこう言って笑いかけた。幼ない頃から亡き母に連れられて狂言の代り目毎に市村座(いちむらざ)、歌舞伎座、今はなき新富座(しんとみざ)のうずらの枡(ます)に居(い)ならんで、まだ福助が児太郎(こたろう)と名乗り、少年の折(おり)の牛若丸の舞台姿をさえ覚えている彌生だった。芝居をしばやと発音し、れんげの花をげんげと発音し、日比谷をしびやと発音する生粋の東京生れの下町育ちの彌生の瞳は、ふらっしゅばっくの眼まぐるしいシネマのすくりんには、あまりに弱くかぼそく痛々しかったので——それに引き代えてかつみは生れ落ちてから上海のこすもぽりたんの空気になじみ、石畳の舗道に異国人と肩をすれ交しつつ、シネマの仄暗い空気の中に、影絵のよろこびとかなしさとを心ゆくまで味わった身ゆえに、日曜の午後の外出を待ちかねて、きょう彼女は彌生を誘って今しすくりんの幻像を見つめて来たのだった。

『そうでもないの、わたしもこれからシネマを好きになるつもり、だって貴女がお好きなものだから……』

彌生の声音のもの優しさ——いとしい人の趣味に自らも同化しようと願うその心づかいを知るとかつみはもうまぶたがあつくなる思いで……。

『いいわ、あんなもの好きにならないでも、シネマが好きになれないところが貴女らしくてふさわしいのに——』かつみは、心からこう思って言うのだった。

『かつみさん、貴女シネマの女優じゃ、誰が好きなの？』

彌生がふと尋ね出した。

『あのねぇ、上海に居る頃ね、メリー・ピックフォードがとても好きでたまらなかったの、一晩苦心して手紙をかいて送ったら、すぐに写真をよこしたのよ、わたしね、ダグラス・フェアバンクスと結婚したって新聞で見た時声をあげて泣いちゃったわ、それから、もうもうダグラスは大嫌いになっちまってあの人の出る映画はどれだってみんな嫌い！』

『まあ、驚ろいたやきもちやき！　海を杳(はるか)にへだてた向うだのに！』

彌生は婉然としてからかった。

『だって、かなしかったんだもの……でもね、もうピストルをすぐに振り廻したがるおてんばのパール・ホワイトや、いつも泣きべそのリリアン・ギッシュに憧れた時代は去ったわねぇ、いま私の一番大好きなのは、ポーリン・フレデリック、それからジョルヂャ・ヘール、それからニタ・ナルディの三人よ！』

かつみは憧れに満ちた瞳を輝かして三つの美しい幻影へ呼びかくるごとく、その名を唱えた。

『いやだ、あなたったら気が多い方ねぇ、一度に三人も好きになって……その三人にくらべたら、あたしなんか、もののかずに入らないのよ、きっと……』

かく言うや彌生はつんとして背を向けて、拗ねたる風情、桜貝に似し紅(べに)さし指の爪を噛んでさしうつむく。

『まあ驚ろいたやきもちやき！　海を杳にへだてた向うだのに！』

かつみは見事に逆襲して、そのひとの細い肩に手を巻いて、覗き込んだ。

『あたし知らない！』

強いておこった振りをしながらも彌生はかくし切れぬ微笑をもらしてしまった。

『まあ、にくらしい、ひとの口真似なんかして』

きれいな眼で優しくにらめて、水色に黒の配色すがすがしい袂がひるがえるとみれば、なよらかな片手はかつみの肩を打ったのだった。

『もう、かんにんして！』かつみはわざと仰山(ぎょうさん)な哀願(あいがん)をした。

――あたりはひそやかに暮れてゆく、灯(ひとも)し頃の気配のしめやかさ、かろき妬(ねた)みにさえふともつれゆく愛し合う子達のたわむれの仇気(あどけ)なさよ。

いつか、ふたりは橋を渡り終って、木立の深い小さい公園の木蔭のベンチにならんでいた。黄昏(たそがれ)の夕闇はさす汐(しお)のように、ひたひたとふたりを包んで来る――ともすればふたりとも黙り勝ちだった、青葉病の身ゆえか——心おもたく唇もるる言葉もたゆたい勝ちなのであろう。

『あのね——わたし男だったらよかったと思うの……』

かつみが不意にこんな事を言った。

『まあ、なあぜ?』

彌生がびっくりしてしまったらしく、眼を見張るようにした。

『だって、もしも私が男だったら、美しい貴女を守る勇ましい雄々しい騎士(ナイト)になれるんだもの、わたし男になりたいわ。恋する女性の前に膝まずいたり、接吻(せっぷん)したり、誘惑したり、競争者(ライヴァル)に打ち勝ったり、怖ろしいほど熱情的な男になって見たいの、そして自分の欲しいと思うものを何んでも掴(つか)みたいの、野蛮に、獣(けもの)のように、強く——』かつみのその言葉は切ない熱を帯びていた。

『いいえ、あなたが男だったら、あたしはいやよ、なくなった母さんが口癖のように小さい私に言ってきかせたの、「男はもういやいや、たくさんだ、やあさん男ってみんな汚ないけだものだよ、やっぱり女の方がきれいだねぇ」って……』

かく言う彌生の言葉にも又同じく切なる熱い歎(なげ)きがこもっていた。——おもい見よその儚なき生涯を男のもてあそぶに任せて朽ちた歌妓の血を享くる子の彌生の唇を迸しる此の悲しき言の葉よ、爛れに爛れ歓楽の巷に身を投げつつ男への幻滅と倦怠にわれとわが身を業火に狂い焼く思いをなせる母の呪詛はその子の美しき肉体へ濃くも烙印されたのであったか、あわれ。

『ねえ、かつみさん、あたしはただ、かつみさんそのもののあなたが好きなの、あなたを愛して愛して愛しぬいてゆきたいの……かつみさん、ふたりはあの伝習的な凡庸な自然への反逆の烽火をあげる子達になりたくない？』

　こう言った彌生の声よ、その瞳よ、しかく燃えしをかつみは今まで見たことがなかった。

『…………』

　答うる声もなく、かつみは息をのんで胸をおさえた、鼓動の脈烈しく響くよ……。

『かつみさん』

　かく呼びて、ふたたびその答えをうながせし時、かつみは答に代えて、いきなり彌生の真白きうなじに双手を強く巻きて！

　あわれ夕月よ、しばし曇れかし、地に接吻くる子はおもはゆし矣！

ふたりが寮舎の門に帰り着いた時、もう外出から必らず帰舎すべき定めの時間はとくに過ぎていた。くろがねの門の重い扉はぴったり閉められて、夕闇の中に黒い城門の如くにいかめしくふたりを睨めつけているようだった。

『まあ、どうしましょう』彌生はかつみによりすがって吐息をもらした。かつみが左手に巻きし銀の腕時計を月の光に照らせば、もう夜の礼拝の時間になっていた。

門の柱の呼鈴を引けば、監督の尼様達（シスターたち）が出迎えて扉を開いてくれるけれど、その代りふたりがかくも帰寮の時に遅れた言い訳をしてあかりをたてねばならない、しかもその言い訳けの説明は何んとむつかしいことであろうぞ、――ふたりはシネマを見ました、ぶらぶら歩きました、橋の袂で語り合ってなおもあきたらず公園の木立の蔭まで、そこで夕月のひかりおもはゆがりつつ寄り添って立ちました。それで遅くなりました――とどうして言い得ようぞ……ひそかに則（のり）を破りし子ふたりは、首うなだれて吐息（といき）をたがいにもらした。

帰寮の時に遅れた者は、相当の理由のないかぎり、かなりきびしい罰を受けなければならなかった。次の週の外出は控えねばならない。その上、聖母マリアに懺悔（ざんげ）

の祈りをさせられる——思っただけでもその刑罰はいやだった。——そうだ、いま礼拝堂の群の中へ、まぎれ込んでしまえば、礼拝後寮舎へ入って自修室に居ならんでさえしまえば、いいのだ。いまのうち、礼拝の列へまぎれ込んでおきさえしたら……かつみはこう気がついて、その黒い扉を見上げた、その門の塀をさらに見上げた、赤い煉瓦を組んだ塀、門柱の半ほど低い……門の扉よりも更に低い、かつみはちらと悪戯児らしき微笑をもらした。

『彌生さん、大丈夫よ、わたし騎士になって見せるわ』

こう言い切ったかつみに自信は十分にあった。上海の石造りの建物、舗道、港の広場を駈け歩き、我家の二階の階段の欄を伝わり滑り落ちるのを得意にしていた幼ない頃の茶目振り——腕におぼえが有ったので——

彼女はまず塀の煉瓦の綴目のコンクリートの凹みへ靴の先をかけて見た、そして身を軽く浮かすかと思うと早くも飛鳥の如く塀の上に半身を乗り出した。

『彌生さん、早くつかまって頂戴！』

片手をのばして、彌生を抱いた。今は何の力とてもなくただかつみにたおやかに身を委ねたる彌生の美しい姿は、かつみに助けられて塀を越そうとする。黒髪がゆれてつく息も苦しげに乱れて、犇(ひし)とすがりついたかぼそき腕(かいな)に、かつみの胸は締めつけられて——苦しくも悩ましく妖しきばかりの感覚のおののきにふとも触れて……塀を越え、切り門の中に見事に侵入して、地に降り立ち彌生を抱きおろすと共に、かつみはやや汗ばむ心地——いたくも疲れて。

『ああ、よかったわね』

みだれし襟もと袂の振りを揃えつつ、彌生は嬉しげにしかも頼もしげにかつみを見て耳もとにあたりをはばかりつつ囁いた。かつみは疲れて黙っていた。

『あたしの勇ましい騎士御機嫌はいかが?』

彌生はかつみの肩を優しく打って、ほほと忍び音(ね)の笑いをもらした。

『お嬢さまどうぞ(マドモアゼルジエブプリ)』

かつみは若い紳士の如く鄭重(ていちょう)にお辞儀をして、彌生の腕を取った、ふたりは又も忍び笑いをした。

遠く礼拝堂の窓の青白い灯(ひ)は静にまたたいている、校庭の新緑の梢(こずえ)の影黒く芝生に投げられて、月はいよいよ中天にのぼってゆく……ああ、マリアの聖歌は堂を溢れ出(い)でて来た、ふたりのおとめは足取り軽く手を組み合して、ダンス・ホールにでも入るような身振りで礼拝堂の段をすばやく駈け合ってゆくのだった。

三、翡翠

わがおもい愁に青し
さらによき幻はあれど
つかたる青き夢路に
月影のよよと泣き入る

色青き愁の室は
さしよりて人や見つらむ
さみどりの玻璃のあなたに
月を浴びぐらすに光る

六月の初めからかつみひとり夜毎にこのメーテルリンクの詩を思って泪さしぐむ

のだった。何故なら——かつみは寮でひとりになってしまったのだった。

彌生の父親のきびしい養母、彌生にとっては恐ろしい祖母の相模屋の女隠居が老病で逝くと共に、主の一郎右衛門の自由がききだして、可愛くてならなかった、日陰者の彌生をようやく我が家へ引き取る事が出来たのである。立派に日本橋に家がありながら我が子を寮舎にあずけておくことを、どんなに心苦しく思いわずらっていた子煩悩の父親は喜んで彌生を迎えに寮舎に来たのである。

けれども其の時は、もう彌生にはどうして寮舎を去り得たであろう。なあぜ？などとその理由を今更問うのもおろかよ！

『お父様、このまま寮において下さいな、私ここが好きなんですもの』

彌生は父なる人にかく願いしは言うまでもなかった。しかし、その願いはきき入れては貰えなかった。父としての愛をほんとうに、愛妾のわすれがたみのこの子にそそいでやりたい、それが亡なった彼女へのせめてもの手向草だ。こう思って一郎右衛門は是が非でも彌生を我が家へ引き連れて行きたかった。

今更父の愛！　そんなものが彌生にとってありがたいものではなかった。そんなものなんぞ、どうでもよかった。一刻だって離れてはとても生きてゆかれそうもない。今はもう大事な大事なおもいびとのかつみがあるものを！　やるせない父という肉親のきずなよ。

彌生は心で泣きつつ、寮を去って日本橋の家にと伴われて行った。

後に残されたかつみは、もう堪えられなかった。ああ！

あの夜毎に相会うた夜のばるこんのひとときよ——おお欄に立てばとて妙なる香により添いし黒髪ながき彼の君はあらで、空しやよき幻にひとり泣き濡れて——今はただ色青き《愁の室》と変りし寮の窓辺よ。さみどりの玻璃のあなたに月を浴びぐらすに光れば、たえかぬるこのこいしさよ。

せんすべもなくかつみは寮の夜を月に泣き入りて幻を追うた。

『今週の外出日に、きっとよ、ね』

彌生が或る日校内の廊下でゆきずりに耳に囁いて、人眼に立たぬようさりげなく行き過ぎた。

『あの何処で？』かつみが息を呑むように問い返すと、

『あの銀座の松屋で、エレベーターの前よ』

かく小声に耳打ちするや、佳き人は袂ひるがえして早くも去った。

――その約束の日が来た。

かつみは外出の時間を待ちかねて寮舎を走り出るようにして銀座へ出た。軽快な夏の服に上海で父から与えられた母のかたみの古いオペラバッグを不似合に持った姿である。

あの人の言った通り、エレベーターの前に、そこのみどり色の長椅子の上に身を埋めてそのひとの来るのを待ちわびた。

なかなか待つひとは来なかった。

直ぐ前のエレベーターは降りつ昇りつ絶えず人々を吐き出し吸い入れてゆく。その人通りの前にぼんやりと人待顔のかつみははずかしかった。中には田舎の人らしいのが洋装断髪のぐろてすくなかつみをじろじろと珍しいものの如くに見つめていったりする。

かつみはじれてしまった。――その時そうと音もなく背後からかつみの眼を覆いかくす柔らかい嫋やかな両の掌があった。たおやかなたおやかなその触感――そして漂う沈丁の香のほのかなる……もう、それとわかっていたけれど、かつみは少しでもながく、その美しい手の感触にふれていたいゆえ、わざととぼけて『だあれ?』

などと言ってみて自分の手で眼の上の掌をさぐった……細いすっきりした両手の指、しなやかに強く我が眼を覆いてあれば、まさぐるに任せしそのゆびよ――その時ふとかつみの指先にふれたのは、冷たいもの……『あらっ、りんぐ！』

かつみははっとして胸を打たれた如く声をあげた。そして俄に強くその眼の上の手を振りほどいて、きっとなって見上げた。

彌生の姿は早くも長椅子の前に……袴をつけぬ帯の姿、寮にありし日よりも、なおなお美しく、薄い乳色の薄茶の荒い格子縞のセルの単衣に海老茶をもう一色渋くした無地の琥珀めいた帯……純日本を少し離れて調和された近代のめきし若きよそおい……このひとに少しいかつすぎると惜しまれるセルもまたしっとりとその姿にはとりなしよく合って見えた。

『まあ、いやなかつみさん、なぜそんなにこわい顔なさるの？』

彌生はびっくりして美しい眉を優しくよせた。

『だって指環が……』とかつみはまだきっとしていった。

『あら、いやだ、これなの』その人はこともなげにこう言って、左手の指をあげた。その薬指に深紅の大きな宝石をはめた指環ひとつ光っていた。ついきのうまでかつみはその人の手に見出さなかったものである。

『あのね、父が横浜で買って来たのよ。こんなものいやなんだけれど、としごろの娘に指環をひとつ位(ぐらい)持たせないと親の恥だって、そして無理にはめさせるのよ……』

彌生はいかにも迷惑そうにこう言って、その高価なものらしい指環を荷(に)やっかいに持てあましているらしかった。

『そうそんないいけれど、私はまたあのエンゲージかと思って……』とかつみはほっとしたらしい口調だった。

『まあ、憎らしいッ、いつ誰が、いやなこと、そんなことは大嫌い、私一生そんなことごめん蒙(こうむ)るわ』

彌生は身ぶるいをなするように、不快な面持(おももち)をした。

『だって貴女はそんなにきれいなんだもの、いつどんなになるかわかりやしないもの……私ひがむのよ、じき……』

かつみは少ししょげて首うなだれた。

『かつみさん、あのね、……』と彌生も長椅子の上に身を投げてかつみにより添ってしまった。

『どうすれば私あなたに信じて戴けるかしら？……私があなたを忘れて勝手なことが出来るなんて、あなた考えていらっしゃるんだもの……くやしいわ……』

ほんとにしんそこ、くちおしそうに眉をよせてやさしく睨(にら)んで彌生は、

『あなたにうたがわれるのなら、いくらお父さんに叱られたってこんなもの身につけやしないわ』

かく言いて指からいまわしいものの如くにそのりんぐを抜きとってしまった。

『かつみさん、あなたにこれをおあずけしておきますわ、だからもういやなことうたがってはいや』

『ごめんなさい、ただ一寸そう思っただけなのよ。ね、やよいさん、ほんとうに何んでもない意味のゆびわなら、いくら身につけていたって、私心配しないもの。ね、さあ、していらっしゃいよ。』

かつみはその指環を返そうとしたが、彌生は首を振っていなんだ。

『いいえ、私はめていたくないの、あずかっておいて頂戴、後生(ごしょう)だから』そう言い張るので、かつみも仕方なかった。その指環を古風な仏蘭西型の革のオペラバッグに収めて、そして何故(なにゆえ)かにっこりしてバッグの口をしめずにもじもじした。

『私ね、きょうあなたへ贈物をしたいの、受取って下さる？』と、わざとらしく首をかしげて見せた。

『あら、なあによ。ええ、うれしいわ。戴くわ。どうぞ』彌生はうれしげに微笑んで言った。

『あら、どうして、早く見せて頂戴。何んだってよろこんで戴いてよ。いったい、何んでしょうねえ』

　彌生は楽しみそうに考える。

『あの、これなの』と、かつみはようやく、バッグの中から薄絹の白い半巾(ハンカチ)に包んだものを取り出した。その薄絹を透(すか)してうす青いものが仄見える。

『なあに、じらさずと早く拝見な』

　彌生の声に従って白絹の四隅(よすみ)のほどけて開けば真中に颯(さつ)とさみどりにさ青になめらかに光る平たい円(まる)い高雅な石ひとつ。龍宮に棲(す)むという人魚の瞳の如くさえ渡って……。

『あら……うつくしい！』彌生は思わず声を大きく張り上げた。

『翡翠(ひすい)よ！』かつみは、その青い石をつまんで彌生のましろき手の上に捧げた。

『支那の南方に出る貴い石なの、上海を立ってこちらへ来る時、お父様が礼服の首飾りにするようにってお餞別に下すったの。けれど私は自分の首飾りにするよりは、彌生さん、美しい貴女の夏姿をかざる帯止めに使って戴きたいの——』

げにも天の与えし典麗なる君のうるわしさをいやが上にもかざらんと今ぞささぐる此の青石受けさせ給えと——《美》に仕うる侍女のかつみはきょうしも寮を出る時から大事にその石を抱いて来たのだった。

『ありがとう、かつみさん私一生放しはしないッ』彌生はその青石を犇と胸に抱いて……

かつみは、さっき彌生から無理におしつけられた指環をそっと取り出して見た。

だあくれっどの宝石の光の美しさ。

『これるびいかしら、色が深いけれど』といぶかしむと、

『ああ、それ、あの印度の石ですってね、があねっとって言うんでしょ』彌生が言った。

《があねっと》と聞いて、かつみは『あら』と小さく叫んだ。その宝石は一月生れのかつみの誕生石のはずだったから……

『仕方がないから、私しばらくおあずかりするわ』

と、かつみはその指環をバッグの中へ入れて、口金(くちがね)をしめると、彌生がそのバッグを見やって、

『まあ、ずいぶんくらしっくな立派なオペラバッグねえ。まるで伯爵夫人の持ちそうなのね。あなた生意気ねえ』

と、からかった。

『いやよ、そんな人の悪いこと言って、だって、これ私なんかに不似合にきまっているけれど、亡なった母さんのたったひとつのかたみなんだもの……』

と、かつみは少なからずしょげてはにかんでしまった。――古びて手擂(てず)れた革の表に金で押した唐草模様、口がねの象牙の彫の燻(いぶ)したように古めいたそのオペラバッグをかつみは手で覆いかくすようにした。

『あら、それいいんですよ、このごろ猫も杓子もぶらさげている安ものとちがって、やっぱりお品がよくって立派よ。それにお母様のかたみなんだもの、大いばりで持っていらっしゃいよ……お母様と言えば、あなたは少しもお母様のお話をして下さらないのねえ。私はちょいちょいするのに……私聞たいわ。あなたという人を生ん

だお母様の御様子を……』

慕わしいひとの母なるひとについて彌生は何かを知りたいと願う優しい心持だった。

『ええ、そのうちきっとお話するわ……』

かつみはちらと面（かお）に愁いの色を見せて口ごもった。

近頃の日本の所謂（いわゆる）文化というものをよせ集めた見本（サンプル）めきし百貨店の雑沓は二人がたまさかのふたりきりになって、相会う時をすごすには不向きだった。

『これから、どこへゆきましょう』

『あの、築地（つきじ）へ』かつみが言った。

『あのね、上海に居た頃知っているぽうらんど人のまだむ・おるがに此の間学校の近くの路（みち）で偶然行き会ったの。今築地に来て小さい美容館を開いているからぜひ来いって言うのよ。そして私の頭を撫でて、こんなにぼっぷ・へやに手入れをしないではいけないって怒るのよ。だから私きょう行ってみようかと思って……』

『そう、じゃあそこへ私もついてゆくわ』

ふたりはそこから木挽町（こびきちょう）の方へ歩み出た。

昔の御館めいた歌舞伎座の前を通りかかると、彌生が思い出したように、

『私ゆうべここの三人吉三を見たの。――昔の悪党はいいわねえ……かつみさん』

そう言って立ち止まった彌生の瞳は春信画く浮世絵の妖女が持つ蠱惑的なでかい、いんすの濡れたような熱を帯ぶるのだった。――月もおぼろに白魚の篝もかすむ春の空、つめてぇ風もほろ酔いに心持よくうかうかと浮かれがらすの只一羽塒へけぇる川端で……羽左衛門の十八番のお嬢吉三の艶姿よ。ゆかりの色も紫深き大江戸のそのよの濁江の生活に醸し出された悪の華の根強くも毒に爛れた美しさよ――彌生がその夢を舞台に見出でて酔うこそ、さらさら無理ならぬ事であろうものを。

『悪党って言えばね、彌生さん、そのまだむ・おるがも悪党の方よ――だって上海で阿片の密輸入をしていたのよ――』

『まあ、密輸入をする女。まるでカルメンみたいで面白いじゃないの』

ふたりは橋の多い築地の河岸へ出た。

河の面に伝馬船が幾つもやってくる――

『いいわねえ、水の上って、このまま、ふたりでここから小船に乗ってあの上海まで行ったら……あたし上海って行って見たいわ。大好きなかつみさんを育てた港の

街ってどんないいところかしら？』

　彌生は河岸にたたずんで船を見やってこう言った。

『上海！　それは息の詰るような世界主義者(コスモポリタン)の漂う街よ。あらゆる地球上の国々の人々がまざり合い混み合って生きているところなの……』

　かつみの此の言葉に、彌生の異国情緒へのふとした憧れ心はさらに動いてゆくのだった。

『あたしね、あなたとそこで暮らしてみたいの』そういう彌生を見つめて、かつみは呆れた、まあ——この婀(あで)やかな日本ムスメがそんな願いを持とうとは——けれどももしそのひとの言う通り上海にふたりで渡ってアパートメントの一部屋を借りて暮らしてゆけたら——まあ、すてき！　あんまりすてきすぎて心配なくらい——

　まだむ・おるがの経営する美容館の入口の扉を開くと、まだむはたった一人で椅子にもたれて金口(きんくち)の細いシガレットの仄(ほのか)な烟(けむり)を、まっかに口紅を塗りつけた唇に含んで肉色(にくいろ)の絹靴下のぴったりとした脚を組んで、ふとった大きな身体にぎんがむの服をまとって眠そうな顔をしていた。

『おお、かちゅみぃ！　よくきたのね、いい子だ』

両手にいきなりかつみを抱きしめて接吻をした。彌生の手前かつみは少しはずかしがって、たじたじしていた。彌生はそしらぬ風につんと澄していた。

『これ、あなたのともだち、たいへんべっぴんねぇ』

まだむは遠慮もなく彌生と握手しながら、そう言った。

大きな鏡の前で、まだむは手際よく銀色の鋏をぱちぱちさせて、かつみの断髪を切り揃えてウェーブしてくれた。

鏡の前に美容術用の様々の品々が並んでいる。その中に黒い液体の入った金紙のレッテルの張ってある小罎が不思議なもののように、かつみの眼についた。

『まだむ、これ何？』とたずねると、

『それ、ほくろをいれずみするもの』

まだむが答えた、ほくろ、ほくろ、美しい顔に更に黒一点を示して、面立てに一種の美を添えようという好みが欧米に流行るときいたが、いれずみまであるのであろうとは――そして、ふとかつみの心は動いた。

『まだむ、あたし達ふたりにおそろいのほくろ入れて頂戴』

かつみは甘えて言った。

『よろしい、きれいにひとつずつ入れてあげようね』

まだむはうなずいて、その小さい壜を取り上げ、一本の細い銀針をアルコオルでふいて指につまんだ。

『すこォしいたい、がまんする』

こう注意して、かつみの唇の左わき下をアルコオルをしめした綿でふいて、そして銀針をぷつっと立てた。

『あっ、いた……』

と言う間もなく小壜にさし込んで黒い液体をたっぷり含ませた長い刷毛がその針の下にぴっしりあてがわれた。

痛さをこらえて、かつみが眼をつぶっているうちに、針はぬきとられて、熱い熱い湯気に蒸されたタオルがその上を覆うと、いたくいたく針の痕にその熱気が浸みとおる。

『さあ、よろしい。眼をあけて、ごらん』

まだむの声に、ぱっと眼をあけて鏡の中を見つめると、まあ、どうしよう。唇の左の端に、ぽっつりと可愛く黒いほくろのある子がうつっている――

『さあ、こんどおともだち』

と、まだむは彌生を鏡の前に連れて来た。五分とたたぬうちに、鏡にうつる彌生の美しい顔の唇の左端に小さいほくろが生れた。その美しい顔立を更にはっきりと強めて見せるに役立つほくろがひとつちゃんと出来てしまった。

築地の美容館を出た彌生、かつみのふたりは、夕暮近い銀座の舗道を肩をならべて歩いていた。

『わたしは、あすこを帰る時、そっとまだむに小さい声で言ったの、「阿片を吸わせてみせて」って、そしたらね、まだむがちょっと困った表情をして、「あなた達は《らぶ》という阿片を吸っているから、ほんとの阿片は不必要だ」って云って笑うのよ』

かつみが歩きながら彌生に語った。

『まあ、いやなかつみさん、そんな事を頼んだの』

彌生が一寸あきれた様に言った。

『だって、あの南アメリカに咲く白げしの花からとったという阿片を吸ってみたかったの。どんなにきびしい国のおきてを破っても快楽主義者の飲みたがる、不思議なその魔薬を吸って、世にもあやしい白日のうっとりした夢をむさぼって見たかったの。ふたりでね。そっと……』

かつみはこんなことを言った。

街路樹の影が落ちて灯の入りそめた銀座の通りに人々は雑沓して来た。トテシャンだね――などと聞えよがしに彌生を指してゆく不良青年の群をかつみはさげすんだ眼で見やりつつ《美しいこのひとは私のこいびとよ！》と心で誇りてよろこびをいやさらに感じて、そっと彌生の手を握るのだった。

四、夏菊

なつやすみ――

ふたりははなればなれに――

鎌倉の長谷の数奇をこらした別荘と軽井沢の高原のバンガロウとに……。

そのどちらへ彌生が行ったかなど考えるまでもない。思うても見よ、鎌倉や由比ヶ浜佳きひとの素絹に汐風まとうて桜貝ひろうとてその袂を波にぬらすにこそふさわしいものを……その長谷の別荘は彌生の日本橋の家の毎年の夏の送り場だった。

軽井沢の洋風の山荘はかつみの父のものではなかった。

大阪の叔父さんが亜米利加から帰ってまもなく建てたものだったけれど、その叔父さんが此頃いやに反動的な国粋保存論者になって、日本趣味の渇仰者となり京都の山科に純日本風の茶室めいた夏向きの草庵を作って、夏はそこへ避ける、そして軽井沢の方のは売物に出したが折しも財界不況とやらいでいまだに買手がつかず、そのままのところへかつみがひと夏を暮そうとて行ったのである。上海の父の許(もと)へ帰ればよかりそうなものを、――帰らぬ理由(わけ)があった。夏の例とて上海にこれらという鬼も逃げ出しそうな悪病が流行るから……しかしそれは父とその周囲への表向きの言い訳、――実はかつみはもう家へは帰らぬ子でありたかったのだ。いまの母というひとはかつみへは第二の母である。そしてかつみにはその母へどうしても素直な感情を持つことが出来ない因縁があった。それは――亡なった、かつみの生みの母のいまだ世にありし頃、すでにその第二の母なるひとが父の愛をうばい取っていたのである――そういうしさいありて、かつみはあたりまえの子にはなり得なかった。女学校をわざわざ東京に転じたのも、そのいわれありてこそ――

しかし、しかし、それでなくても、もうかつみは遠い上海になんか帰りたくはなかった。それも言わずともわかる、あの方(かた)にそんなに遠く離れてはとても生きていられそうもなかったもの。

高原の山荘は寂しかった。

別荘守(もり)の老夫婦、おじいさんは山へしばかりに、おばあさんは川へせんたくに――という通りのお爺さんお婆さん二人きりとかつみが新(あらた)に加わった人気(ひとけ)のない山の洋館は侘しかった。ましてわが思おゆるひと遠く湘南にあれば、山風山雨夏も冷たき秋に似て高原の夜のさびしさよ……。

かつみは宵毎に夜毎に独居の窓にかかぐる青き灯のもとに鎌倉へ送る文をかいた。そのたよりの返しは鎌倉からはおこたり勝だった。かつみは心配でならなかった。鎌倉の夏を彩どる様々な華やかな場面を心に描いてみた。顔色の青白い貴族富豪の美青年達があの美しい彌生を見てどんなに取囲むか知れない――。そう思うとかつみは気が気でなかった。かつみはろくに外にも出ず閉じこもってその人のことばかり思いわずらっていた。近くのテニスコートから球を打つさえた音がし出しても、そうして炎天のもとにラケットを思いもなげに振れる人達が羨やましかった。

かつみは朝から部屋の窓を閉め、カーテンを重く垂れこめて、籐のソファに身を投げて壁紙の唐草模様を睨めつけて、しかもしょんぼりしていた。

そんな、やるせない日が打ち続いた――かつみは身も心も日々におとろえるほどの思いだった。

――小雨が高原の夏草を濡らして、しとしとと降っていた。

かつみは今日も今日とて、ひとへやに垂れこめている――

『お嬢様、電報でございますよ』

ばあやが、部屋へ銀の小盆にうやうやしくのせた一通の電報を運んで来た。

何処から私のところへ――上海の家に何か不幸な事でも起きたのかしら――ものうい憂鬱な気持でかつみはそれを取り上げた。電報は紙は小雨に少ししめっていた――開くと、

アスゴゴユク　ヤヨイ

かつみははっとして胸に熱い血が走った――これはいったい、信じていいことだろうか！　わなわなと電報を持つ手をふるわせつつ、幾度も読みかえした。発信局を見ると――ナガノ――長野(ながの)――長野！　まあ、そんな近くまで、いつの間にそっとあの人は忍んで来たのか……。

その翌日、いつになく元気よく早起(はやおき)したかつみは純白のクレップデシンの服をまとうて、朝の陽の流れるポーチに出て微笑んでいた。

待ち遠しい、あの方を運んで来る汽車よ！　午後になるのが遅くって遅くって、ほんとに夏の日はながくていや……かつみはじれったかった。

長野を経て来る午後の汽車、どの時間かわからないけれども、もうとても山荘の中にじっとしてはいられないかつみは停車場に出向いてしまった。

停車場で二つ汽車をむなしく迎えた。

あのひとの姿を見るまで、どんなことがあってもここを立ち去らぬ。明日の朝まででも待ち通す覚悟でかつみは立っていた。

三つ目の汽車が着く頃、もう陽は西に沈みかけて高原に茜さした。プラットホームに降り立つ人影のひとつひとつをかつみは胸をおどらせて見入った。

列車の中頃の二等車室から、一人の嫋やかな娘が降りた。

紫紺の明石の羅に、藍の夏帯、斜に引き結んだ帯止めに光る翡翠の青のすがすがしさ、髪は黒髪ゆたかにあげた桃割、水色無地の絵日傘を細そりとつぼめたのを持ち添えた姿で、乗降客の外人の群がみな緑眼を見張って、ニホンムスメさん――と叫ばぬばかりに見つめている。その中を朱塗の台に表をつけた駒下駄の音もさやかに歩みぬけて改札口へ――かつみは深い感動に打たれて、呼びかけることすら出来得ず白い石の如くになって佇んだ。

『あら、そこにいらっしゃったの。いやな方。黙って』

彌生の方が先に言葉をかけて近寄った。

『そんなら時間を知らせてあげればよかったけれど——あのどの汽車に間に合うか自分もわからなかったから……』

残りの夕陽をよけようとて、水色の朝顔の花のひらくよに絵日傘がぱっと開かれた。そのうす青い翳の中に桃割の白丈長がくっきりと、浅黄に紅のまざったつまみ細工の前櫛が仄に浮いて——

『どう？　へんでしょう。こんな髪して……』

彌生は一寸はにかんで、前髪のあたりに手をかざすのだった。

『いいえ——とても、とても、あの——』

かつみはどういう讃美の感嘆詞をのべようかと迷ってしまった。

『日本橋の家では、こんななりをさせられるのよ。そしてね、鎌倉へは親類の人達が集まって大賑やか、私まるっきり気の合わない人達だから、それは困るの、ふさいでばっかりいたの。軽井沢のことばかり考えて……』

彌生は日傘をかろく肩でまわして歩きながら、こう別れて以来の物語をした。

『うそばっかり！　手紙の返事もよこさなかったくせに——私こそふさいで死にそ

うだったの』

かつみは少し怒った様なもの言いをして、

『だって、私だめなの、手紙なんてもうもうじれったくって——それに朝から晩まで伯母さんや従姉妹達の仲間に無理に入れられて、長唄のお稽古をさせられたり、千家の裏とか表とかいうお茶を習わせられたり、机なんかに向かったらお小言が出るんですもの……、私そりゃあたよりない日だったのよ。今度ね、長野の善光寺へ父が店の番頭達とお詣りに行くというんでしょう。亡なった母さんを利用するようだけれど、母の冥福を祈るためにって口実をつけてね。母は仏様御信心だったのよ。それで私ついて来たの。だって長野って言えば軽井沢の近くだと知ったら矢も楯もたまらなくなって』

『ありがとうよ。——私も私もどんなに会いたかったか……』

かつみはもう手紙が来ないでふさぎ込んでいたことも忘れて、心明るくはずんでいた。

彌生をみちびいて辿る山荘への小径のほとりはもう黄昏れていた。

山荘のしるしばかりの低い柵（さく）の門辺（かどべ）近く、手入れもせずに荒れている芝生の中に乱れ咲くひとむれの草がとうす赤い花をつけているのが夕風にほろほろとゆれる。

『なんという花、さびしそうな花ね』

彌生が立ち止まってたずねた。

『なつぎく』

かつみがおしえた。

『あら、夏菊（なつぎく）、――まあ……』

びっくりしたらしく、又ひとしおものなつかしげに、その小さい花のもとへ近よって、しげしげとながめる。

『なぜ、そんな花がお気に召したの？』

ひなびたそのはなの姿がどうして、このひとをひきつけるのか、かつみはいぶかしかったゆえ。

『あの、だって――母さんが柳橋にいた頃、夏菊って名乗っていたのよ』

あわれ。かく告ぐるその声もほそぼそと……。

かつみは胸が痛くなった。今まで気にもとめなかったそのはなも、このひとの亡き母が歌妓の折の名乗にちなみし花ぞと思えば、かつみも又なつかしく見入った。《夏菊》おもえば何んとあわれ深き名にこそあれ……。

山荘の中に入れば、ばあやがもう浴室の支度が出来たという――二人はゆあみするとて浴室に入った。

『あたし、髪をといてしまいたいの、鋏をかして』

彌生はこういう。

『あら、なぜ、よく似合うものを』

かつみはめずらしいその桃割姿を惜しめば、

『でも、重くていやなの。ね、やっぱりおさげにさせて頂戴。せめて貴女のわきに居られる間だけでも……』

彌生は願うように言う――銀色の鋏でぷっつりと白い元結を断ち切る。見る間に黒髪はうなじに背に丈をなして乱れた。

するするとく帯の絹ずれ――彌生はやがて浴槽の前に降り立った。

『油できもちがわるいの。髪を洗わせて頂戴な』

かつみは侍女の如く、大きな洗面器に熱いお湯を汲んで差し出し、加里石鹸の振り壜と大型のバス・タオルを彌生の為に用意した。

かつみが手伝って髪は洗い終った――

『さっぱりして身が軽くなったよう』

さえざえとした気持らしく、濡れて光る黒髪を片手にささえて、すらりと湯気の靄(もや)の中に立った一糸もまとわぬこれやこれ処女裸身の像！

浴室の小窓のくもり硝子からほのかに月影がさした……。

湯上り用の藍染の浴衣の新しいのを、かつみはひとつ持っていた。それは彼女のトランクの中で唯一つの日本服だった。それが今宵(こよい)彌生のために役立った。

『あなた、柄(がら)のお見立(みたて)がなかなかお上手ね――』

と、彌生が帯を締(し)めながら笑ったほど、そのひとにしっくり似合って美しかった。

あんまりかぼそく細(ほっ)そりしたそのあえかな肩のあたりに眼をとめたかつみが、

『彌生さん。病気したんじゃない？』

と案じてきけば、

『いいえ、夏瘠(なつやせ)のせいよ』

古来、佳きひとにかかるならわしありと言うか――化粧鏡の前に立ち浴後の化粧(けわい)

をこらすその面立にならんで、かつみの顔も明るくうつった。たがいの顔がふたつにほくろが二つの鏡の中で揃った。そしてにっこりとふたつの顔は笑みを交した。ほんとに久しぶりで――

かくて佳き膏油黒髪をながれ、淡粧成りて彌生は浴室の扉の外に、灯のもとに現れた。

客間の食卓に相向ったが、ふたりとも食欲を失っていた。胸に思うことあまりに繁ければ――ただ、食後の水蜜桃の甘く匂やかな液をきりぎりすのように吸ったばかり。

月影さ青にめぐるポーチの籐椅子にもたれて言葉少なく二人は相対して、夜をふかした。彌生の藍の浴衣の袖も、かつみの富士絹のパジャマに重ねたナイト・ガウンも高原の夜の風に冷々する。

『かぜをひくといけないから』

かつみは、こう言って彌生の手を取りポーチを離れて、銀の燭台に蠟の灯をかざして階段を昇っていった。

しいいんと静まった階上の寝室の扉を開くと、手にした蠟燭の灯に浮み出たのは、だあく・れっどのリードーを深くも垂れたまほがにいの彫刻の四脚に支えられた大きな重々しいだぶる・べっど、その前に敷かれた支那風の青い絨毯が水のように夜気に沈んで仄見えた。

　ふたりは羽根蒲団の上、深々とすぷりんぐに身の沈むにまかせて寝もやらで腰うちかけたまま、身をすりよせて、止り木にならぶ二羽の紅雀のごと黙っていた。

　燭台の灯はまたたいて蠟涙がほろほろと流れてゆく……かつみはわれとならんで身をよせしひとの襟白粉の匂いをうつつとなく心ゆくばかり久方ぶりで嗅ぎむさぼるのだった。

　おお、かくて抱きもあえど、すがりもあえど、なお足らぬおもいを寂しみ、ああ、今宵あめつちに少女ふたり！　死のうて生きようとて美しきこの《恋》ゆえに、たとい此の恋、罪なりとも、亡びに落つるふたりなりとも！――燭台の蠟は尽きぬ。灯消えぬ。闇にくずるるま白きふたつの花の如くふたりのおとめもろともに倒れ臥しぬ。

　かかるとき、山荘の門辺の夏菊の葩に夜露やしとど重からん。夜露やしとどおもからむ……。

五、千鳥（その前篇）

秋になった。

大河（おおかわ）の岸の柳の泣き濡れたよな葉も、ややにうらがれて、曳舟（ひきふね）の仄な水脈（みお）にひかる陽のひかりも、うすら冷たくて、……その季節のうつりかわりのものの哀れさに多感の子は、青いセルのひとえの肌ざわりにくすぐられるよに、何とはなしに、ただ泣かまほしけれなどと若き日のだいありいにインキの匂いをこめてかき残し度（た）くなるのだもの——

あわれ、かかる日のなかに、かつみと彌生はいかにぞ。

鎌倉の海辺に秋風は立つものを、彌生はいつ都へ立ち帰るとも思えなかった。

かつみはいたずらに鎌倉へのおとずれを送るにいそがしく、そして寂しかった。

彌生からの返しには、いつも判でおしたよに健康がすぐれぬゆえ帰京がゆるされぬので——とわりなさそに文字の薄墨の色さえ儚なげに細々と消えも入りそにしるされてあった。

　かまくらの秋を病むとは、もしやあのかぼそい胸のいたつきか――かつみは暗い気持ちで居ても立ってもいられぬ心づかいに学課のことも身にしまず、そのひとのことのみ思いわずらっていた。

　そして、もうひとつきもたち、十月の声をきいて、秋ややに深みゆき宵ごとにおく露しげく、空が澄んで星がきれいになり始めた、その或る宵――おもいがけなく、ほんとに思いがけなく、彌生から電話がかかって来た。まあ――あの方からこんな時ふいに電話がかかってこようとは――かつみの胸は轟いた。

　寮舎から校舎内の事務室まで足もさらに馳せゆきて息をはずませつ受話器と耳にあてれば、なつかしや、鼓膜に浸みて透るその声音――

『あの、かつみさんなの、私きのうやっとこちらへ帰って来られたのよ』

『そう、よかったのね、あのもう病気大丈夫？　学校へも出られるでしょう、彌生さん』

『…………………』

　それに答うる声はなくて、耳を澄ませば、ただジイッ……と鉄板に小砂をふりこぼすよな音がかすかに伝わるのみだった。

『彌生さん、どうなすったの？』

とかつみが心もとなくやや苛立ってたずねると――

『あの――会ってお話すれば何もかもわかるの――来て頂戴な、あしたにも』

しばらく、間をおいてから彌生は思いあまったよな声をした。

『あした――』

かつみは言いよどんだ、あした、そのあしたは外出日ではなかったものを。

『いいじゃないの、来て頂戴な、よう、後生だから――』

彌生のだだをこねるその声には甘く匂いやかな感覚的なものが含まれてあった。

そしてかつみの心臓をゆすぶる。

『え、じゃあ、わたしどうにかして行くわ』

かつみが決心して答えると、

『うれしい、きっとよ、――あした、学校が終わったらじきにね、待って待って待ちこがれていてよ、うそいっちゃいやよ、きっと来て下さるのよ』

とうれしげに彌生の声ははずんだ。

『ええ、きっと伺うわ』

『来て下さいね、もし来なかったら私しんじまう！　よくって』

と最後に念をおして残り惜しい気持ちに引かれつつ受話器はかちりと離れたらしい。

そのあくる日の放課後、かつみは保証人の許に急用があると称して寮舎から臨時の外出の許しを乞うて脱け出した。

いとしい彌生のためになら百千度師を偽りて地獄の尽くることなき業火に焼かるるともいとわぬ覚悟であるものを。

日本橋河岸通りの問屋町、相模屋の奥深くこもりし昔ながらの土蔵造りの仄暗い座敷に放課の後の日脚短かい秋の黄昏時、かつみはそこに訪れて、ふたつきぶりで彌生と相見たので……。

そのきょうが日まで、どんなに会いたかったか、切なかったか。

『朝から待ち通したの』

彌生は紅蔦のからむように錦紗の花模様の袂をかしげてかつみの胸にすがった。

『鎌倉で病気したの？』

気づかわしそうに、かつみは見つめる。彌生の姿はいささかやつれて面（おもて）の色も打ち沈んで、その瞳は熱を病むかの如くにも思えるものを。

『いいえ、病気とかいたのはうそだったの、心配なさるとは知って居たけれども、なぜ学校へ出ないと問いつめられると、ああ言っておくより仕方がなかったのですもの、ほんとはね、かつみさん――私それはつらかったのよ』

こう言いかけて、その瞳は泪でしめって来た。かつみは彌生の身の上にただならぬ運命のさしせまりし予感に怯（おび）えた。

『彌生さん、何があったの、つらかったとは？』

『あの――わたしね、此の夏鎌倉であの――かつみさん、笑っちゃいやよ――私ねお嫁入りさせられようとしたの――いいえ、ゆく先は名古屋（なごや）なの――でもその話が持ち上ったのが、鎌倉でしょ、伯母さん達がよってたかって、すぐにも私をお嫁さんにしてしまおうとするのよ。でも私死んでもいやと言い張ったの、そしたら私が我を折るまでは東京へは帰さぬと、まるで座敷牢のように、私を押しこめて見張りをつけぬばかりの責めようなの、でもとうとう強情を張り通したけれど、貴女にどうしてもひと目あって、話を告げたいばっかりに——あのお嫁入りを承知したようにうそをついてさ——そして、きのうようやくこちらへ帰して貰ったの——だから、どうしてもきょう会いたいと、ゆうべあんなに我儘を言ったの、かんにんして頂戴ね——』

この彌生の告げる言葉に、かつみは呆然とした、ああ、そうだったのか、——おそかれはやかれ、美しい彌生の上にかかる問題の起ることは避けがたい自然のこととは思っていたが——こんなに早く皮肉にも目前に湧き上ろうとは、知るすべもなかったに——

彌生の物語はその間の消息を細かくかつみに告げた。

名古屋で有名な綿糸商の富豪の一人息子の某が此の夏鎌倉に遊びし折、世にも美しい彌生が日傘姿のそぞろ歩きを眼に入れて、日本的俗語の示す如く（misometa）のだという。

そしてプロポーズした、異母兄妹の多い中に妾腹の子一人まじって育つを案じる親戚の伯母達がこれ幸いと彌生をその花嫁に仕立ててしまいたがった。

彌生は必死となって反抗し拒絶した、しかしその甲斐はない——事の起りはそれで遂にきょう一時のがれに、素直に嫁ぐと偽りを立てて、辛うじて日本橋の家へ帰らせられた身の上だった。

『かつみさん、嫁くと言ったのは、もとより貴女にただ会いたいばかりのうそですもの、そう言ってまでここへ帰って来たのは私ちゃんと覚悟したからなの、ね、かつみさん、どうして貴女と別れて私名古屋へなんか嫁けましょう』

そういう彌生の瞳は怪しいばかりに烈しい熱を帯びていた。

陽の目もろくにささぬ日本橋裏の土蔵造りの奥の仄ぐらき一間、かわたれ時のうすら明りに、かく言いて歎く嫋やかなその麗しい姿は、黒髪もゆれ、細りし肩もあでやかに紅に帯の色闇に沈みて袂のふりも乱れ——美しきおとめのその面——麗人と呼ぶには淡き恨みあり、佳人と呼ぶも冷たきに失す、ただふさわしきは妖姫彌生ともこそ呼ぶべきか——。

『ねえ、かつみさん、私は覚悟をしてしまったの、あなた、私と——一緒に逃げて下さらない、此の家から、東京から、日本から——あのあなたの育った上海へ——逃げましょうよ。そして貴女とふたりきりで、一生暮しましょうよ。私どんな事をしても働くわ……』

『…………』

かつみの返事はなかった。

『かつみさん――逃げるのは駄目、むつかしいの、逃げ出すのなんかおいや？　そんならいいわ、ふたりで死にましょう。愛し合った人間がふたりで死ぬのこそ此の世への最後の勝利なのね、私わかるのよ、心中する人達が抱き合って泣いて泣いて泣きぬいて、そしておしまいに握る幸福を――』

彌生は死をもってその唯一の悲しい幸福を購（あが）なおうという――彌生の言葉は切なく血ににじむが如く陰（いん）に響いた。

『…………』

まだ、かつみの答えはなかった、いな彼女は答えようともしなかった。

『かつみさん、貴女はどうなの？　私と同じ心持――』

彌生に顔さしのぞかれて問い詰められた時――初めてかつみは答えに代えて吐息をもらした。

『何故、なあぜ、返事をしては下さらないの――え？』

彌生はかつみの膝にかぼそい手をかけて、身を摺（す）りよせた。

『彌生さん——あの私には——』

苦しげに苦しげに、あえぐが如くかつみはようやく口を開いた。

『えっ、かつみさん——私にはそんな事は出来ないと仰しゃるの』

彌生の声はふるえていた。

『いいえ、わたしけっしてそう言うのではないの——あの、彌生さん、そのことは暫、私に考える余地を与えて頂戴、考えさせて、ほんとに私には、私には——』

かつみはせつなげに、しどろもどろと言葉を乱した。

『——もうもう——何んにも仰しゃらないで頂戴、私わかったわ、わかったわ、かつみさん、あなたって卑怯な方ね、卑怯者！　卑怯者——私、くやっしいッ、私のまごころと此の魂と一生を約束した人は、そんな、そんな、うすっぺらなうそつきの卑怯者だったのねえ……』

かく言い放ちて、唇を切れよと噛みしめ、よよと泣きふし、忍音に身悶ゆれば、くろかみゆれて痛々しくも萎えたる肩のあたりに今にも散って砕けむ置くや葉末の玉の露なる風情のあわれさよ……。

そを見れば胸を刺す苦しさと、せつなさにかつみは身も世もなく、はらはらとし

て、

『彌生さん、ゆるして頂戴、私は、私は、かつみは卑怯者かも知れないの、でも卑怯だと自分で言い切るのは、私どうしてもいや、あなたと一緒に死ぬことも、あなたと一緒に海を渡って逃げのびる事も、私はけっして否（いな）まない、いいえ、すすんでそのどっちかを選（え）らびたいの――でも、もしそのどっちかを選らべば、私はただ一つの大事な望（のぞみ）を失うの――そのたった一つの望が、今の私を裏切るの――私あなたを裏切るのではないの、その一つの望を私は裏切るか――その望に私が裏切られるか――考えさせて頂戴――もし出来るなら、あなたとも離れたくない、そしてその望とも離れたくない、――その二つを離れずに生きる道が、手だてが外（ほか）に有るならよく考えぬいて一番いい道をとりましょう――どうぞ、その道を私に考えさせて頂戴な、長い時はいらないの、一日でも二日でも、ね、待って頂戴、しっかりと御（ご）返事の出来るまで――』

　かつみは彌生の背をかい撫でつ……自らも泪してかく説くのだった。

『あなたったら、あなたったら、かつみさん、貴女はそんな冷たい利己主義者（エゴイスト）だったの、そんな氷のような冷たい理性を今まで上手にどこへかくしていらっしゃったの

――恐ろしい方！』

彌生は泪の間にかく言い続けて再び絶え入る如く泣き伏した。

かく罵しられても、かつみはせん術なかった。ほんとに、ほんとに、自分は今の場合、此の生命をささぐるとも何惜しからむいとしき人の前にも、なおこれだけのことを言い得るほど、あの一つの望が此の歳月、己れの身に魂に烙印のごとくしるされ、重荷となりてしかと結びつき、離れがたく又断ちがたき因縁となりてありしか……かつみは考えると浅ましくも情けなかった。

ああ、ほんとに浅ましいおのれの姿よ、あの一つの望にこんなに執着せねばならぬのか！

あの一つの望がかくも幽霊の如く我影身に付き添いて離れぬとは――

『彌生さん、私を信じて頂戴、信じて、信じて――あの私にはまだ貴女に一言も打ち明けなかった一つの義務が有ったの――あの、聞いて頂戴、――』

『いや、いや、いや、私もう何んにも聞きたくない、ものを言っちゃいや――私、私いっそ此の夏鎌倉の海で死んでしまえばよかったんだわ……』

彌生は少し取りみだしている。かつみは悲しかった。彌生の手を犇と握って、さめざめと泣きたかった。

『彌生さん、あのいつかこれを見て仰しゃったわねえ――そら、これを見て――』

と、かつみは不似合の品と知りつつ持って歩いているあの古び手摺れし唐草模様を金で押したオペラバッグ――それを彌生の手にさわらせて――

『ね、これをいつか御覧になった時、私がこれは母さんのたったひとつのかたみゆえと言ったら、何故亡くなった母さんの話しを少しもしてはくれぬと仰しゃったわねえ、覚えていらっしって……』

かつみに優しく静に言われて、彌生もやや気を取りなおし、――

『ええ、申し上げてよ』

『そうでしょう、その母さんの話を今日こそ私しみじみと貴女に話したいの、話させて頂戴、そうすればわかって戴けるわ……ね、私の彌生さん……』

かつみの泪と共にうったえる声はむしろ哀願にひとしかった。

かくて――かつみが亡き母の物語は彼女の唇から悲しき吐息によってもれいでるのだった。

六、千鳥（後篇）

かつみが彌生に物語った彼女の母の話。

――かつみの母は中国の島のほとり、海近き街に育った。千鳥啼くちょう淡路島――それは彼女の少女の日の夢の対象となっていたのである。長じて京都に出でD社の女学校に学んだ、英語と国語は彼女の得意とするところ――小さき文章を二年生の時少女雑誌に投書して、一位に当選した、文学――それは彼女の唯一の希望になってしまった。その少女雑誌の投書家の女王とうたわれるようになったのは、彼女が四年生の頃だった。

少女雑誌をやがて離れて文学雑誌の投書欄に彼女の名は見出された。その頃は彼女は専門部の英文科に進んでいた。彼女のペンネームは少女雑誌投書以来（京野千鳥）。――言うまでもない自ら学ぶ都の名を取って、京と呼び、千鳥とはわが故郷の忘れ得ぬ思い出を呼んだのである。学窓を出でなば、彼女は一路文学の路を辿って、彼女の生涯を女流作家の仕事に埋め度い望であった。その望は深夜ひそかに消灯後も蠟燭の灯のもとに読みふける小説、詩集のあまたの数のいやまさると共に、燃えあがっていった。専門部の三年になり、卒業を前に控えた時、その望以外に強く彼女を捕えるものが出来た。それは《恋》だった。それは彼女にとっては受動的な恋愛ではあった。彼女の三学年の夏休暇、千鳥啼く海のほとりへ帰省した時、彼女の前に突如として現れた男性はかつみの父なる人だった。勿論彼はその頃若い青年であった。かつみの母の後でなかった、その頃まだうら若い女学生の処女だった彼女は、一人の青年の我身によせる烈しく強い恋愛に打たれて一生の身を捧げる決心をしてしまった。そして彼女は結婚した。家庭に入っても文学だけは離れない、その望だけはすてない、こう思って忙しい家事のひまにも机に向く時を求めて焦った。しかし良人への心づくし、一つのハウス・キーパーの仕事は彼女のそうした《時間》をたいてい奪いがちだった。そのうち、早くもかつみの母親になってしまった。万事は休す、そしてとうとうその時、まったく彼女は机に向う時を失い切ってしまった。彼女が嬰児のかつみに乳をふくませつつ、その黒く濃い髪を撫でつつ、

『母さんの思い切った望を、お前が母さんに代って果しておくれね』と子守唄のように囁くのだった。人の妻となり人の母となってしまって、もはや自分にその望も果すことが不可能になったことを知った時、彼女は我が胸の乳房にすがる子に、その望を置いてせめてもの光と希望をつなぐのだった。

良人のために子供のために犠牲の決心をして、侘しい諦らめの生涯に入りながら彼女は果してその生涯から何を得たであろうか！

彼女が良人と愛児と共に上海に移り住んでから、五歳――愛児のかつみが十五歳の時は彼女は重い病を得ていた、彼女の良人はすでにその時妻以外の或る女性に、彼が妻の若かりし日に曾つて寄せたほどの熱い烈しい恋をしていた。かつみの母は過ぎし日のしぼんだ古い花と事実上見捨てられていた。名ばかりの妻の位置におかれる彼女の病は日に日に重った。その時彼女の傍につき彼女の唯一の慰めとなり此の世の光となったのは、一人娘のかつみだった。

かつみは学校の日課を終るとすぐに母の入院していた病院へ駈けて行った。そうした日々がかつみの十五の年の春から秋へ続けられた。

それは、やがて秋も深みゆく頃だった。

かつみはいつも通り学校の放課後を病院へといそいだ。その途中彼女は上海の港近くの或る大きなホテルの門へ今入ってゆく一台の自動車を見た。その中に一人の外国婦人が大きな花束を持って乗って居た。新聞社の写真班らしい人がその自動車にレンズを向けていた。かつみは母の一人淋しく待ち侘びている病院へ一刻も早くと焦っていた。そして、すばしっこく其の自動車の前を横切ろうとした時、かつみはあやまって地にころんだ。あっと驚いた瞬間、でも仕合せなことに彼女の身体はすりきず一つ負わず助かり、自動車の前に立ち上って、車輪をよけることが出来た。その時自動車の上の外国婦人が、何か叫び声を出した。その英語は、かつみの耳に、声ではなく響として伝わったばかりだった。しかしその英語の意味は恐らく自分の乗って走る自動車であやうく怪我をしようとした東方の少女を心配し、いたわろうとしたものに相違ない、かつみは車上を見てにっこり笑った――彼女が安全に逃れ得たことを手早く示すに最も適切だったから……。

車上の外国婦人はかつみの笑みを受け取ると瞳を輝かして笑い返した。そして彼女は手にせる花束から一輪の白い花を引き抜いてその唇にふれしと見るや、颯とかつみの方へ投げた。――自動車はかくてホテルの門内へ風のように入り去った。路の傍に呆然と夢見心地で立ったかつみが白日のゆめから醒めた如くふと気づくと、我が足許に投げられた花がそこに真白き一点を残している、手に取り上ぐれば、匂いも高き白薔薇の一輪。――かつみは白き花ひとつ、天より降りし月のひとひらを抱くが如く胸に守って病院へと走った。

病室の扉を開くと母は、いとしいかつみの訪るるを待ち疲れてかベッドに深々と埋もれて軽い眠りに沈んでいた――病人の眠りを破るまいと跫音を忍ばせて近寄れば、秋の午後の窓にさす薄日の蔭に眠る母の面ざし、やつれにやつれ瘠せに瘠せおとろえしその痛ましい肉体に宿る生命のさてもおぼつかない儚なさよ、あわれ――母に永遠に別るる日ももはや遠くはあるまい――かつみには恐ろしい予感がした。

病む母の寝顔をかく思いて見つむれば堪えられなくにかつみの頰を泪は伝わった。その泪は母の額にこぼれ落ちて露とやどり、母は眼ざめぬ――

『いつ来たの、かつみさん』

弱々しく細った声で母は我子の姿に呼びかけた。

『少し前来ていたの、母さんはおよってらっしたから、私じっとしていたのよ』

かつみが言うと、

『そう——母さんはね、お前の跫音を待ちながら、ついうとうとしてしまったの、そして夢を——夢をね見ていたの、いま——』

『まあ、どんな夢を——』

病む母の見し夢とは？　かつみはたずねてみたかった。

『おかしな夢——かつみさんが大きくなってあのね立派な女流作家になって、月の光のさす窓の下の机で何かかいている姿を夢にみたの——』

『えッ』

かつみは吃驚(びっくり)した、あまりに突拍子もない思いがけない夢を母が見たのがおかしくも奇(くす)しいゆえ——

『まあ、いやな母さん、何だって、そんな夢を見たんでしょう』

といぶかしめば、

『かつみさん、こんな夢を母さんが見るのはけっして不思議ではないの、ね、かつみ、母さんは今まで黙っていたけれど、母さんが此の世で果さずに終ったたった一つの望をお前の未来に懸(か)けて居るのです、母さんはね、どうにかしてお前を女流作家に守り育てたかったの。はずかしい望だけれど、母さんの若い日の夢をお前に実現させたかったの、そればかりがただひとつの楽しみでこうして苦しい生涯を通して来た母さんなの——かつみさん……』

初めてかく母の野心と哀れに切なる望を打ち明けられてかつみは驚きに打たれて言葉もなかった。

『かつみさん、あなたはやっぱし母さんの子だったねぇ、あの現実的に生きることより外(ほか)を知らない冷いお父さんの血はうすくて、この母さんの血はたくさん持って生まれて来たかつみなのよ、母さんはうれしい……ね、かつみ、母さんの此のお前に必死となって懸けている望を忘れずに文学に身を献じてやってゆくつもりにはなっておくれでない?』

母の眼は病む人には似ぬ光をその時添えた。

かつみはしばし黙念(もくねん)としていたが、十五の少女の唇はその時非常の決意を示して開かれた。

『母さん、私きっと母さんの果せなかったお望を果します、一生懸命で!』

かく叫ぶや、ベッドに近よりてやつれし母の青白き手を犇と握ってよよと泣き入った。

『かつみ！　母さんはうれしい……いつ死んでももういい――』

　母はかつみを抱き締めてこれも又泣き咽(むせ)んだ。

　――その夜半の十二時近く、かつみの母は当直の医師とかつみとに見守られて、この世を去った。幾度(いくたび)電話や電報をかけ、迎えの車を出しても父は病院へは駈けつけなかった。ただその翌朝、仕方なげに義務をはたす如く父は病院へようやく姿を現して、亡き妻の枕もとに突立った。

　母の亡骸(なきがら)に夜もすがら抱きついて泣きむせぶ、かつみの手を無理に取り離して、冷然として言い放った。

『馬鹿(ばか)、病気が移ったらどうする』

　――母は胸を永く病んでいたのだった。

　かつみはその時父をきっと睨んだ。仇敵(かたき)を見るが如き眼ざしで。しかし父は平気で煙草(たばこ)を口にくわえ、その日の新聞を拡げて見入っている。折角(せっかく)かつみが怨(うらみ)をふくんで睨めた眼もその新聞にさえ切られた。さえ切った新聞紙にかつみの眼は空しく向った。そこには大きな写真が出ている。一人の外国婦人の半身像、その顔は見覚えがあった。そうだ昨日の午後母の病院を訪れんと、心も空に走り来(きた)りし時、ホテルの門前に入らんとする自動車上の人の面影だった、そして彼女に白き薔薇を投げし人！　かつみはその写真の傍の文字に泪にはれた瞳を向ければ……昨日上海に上陸した英国の有名なる若き女流作家マンスフィルド女史としるされてある。

おお、かの人、かの人、おお、かの人なりしか。かつみは胸打たれて母の枕辺を見やれば、昨日投げられしかの白き薔薇の花ひとつ、亡き母の枕辺のコップに挿されて夏にひとり遅れ咲く秋の薔薇の姿も寂し……かつみはつとその花をとりて冷たき母のみ胸にささげて合掌なし、

『母様、誓いはきっと果します、かつみの生命にかけて！』

その年の秋の末の学校の文芸会でかつみは一篇の作文を朗読した。

空ゆく雁よ、心あらば、み空にかけりて母のみたまに告げよかし。
汝が地に残せしひとり子は、月なき宵も窓を開け、星なき夜もいねもせず。
花なき庭をさまよいて、泪の歌に月を浴び、歎きの曲に星を見て、悩みの胸に
花摘むと……。

うるわしい美文は会場の中にロマンチックの香（におい）をふりまいた——かつみはその時より校中一の文才家と一躍うたわれたのである。

学校ではかつみは華やかに文才を愛でられつつ少女の日を送り得た。しかし彼女の家庭生活はあまりに悲惨だった。

亡き母に無情冷酷なりし父への怨、反抗、第二の母への憎悪と反逆の血みどろの生活、かつみは暗くいじけた子になりかかった。

さすがに彼女の父にもなお一片（いっぺん）の良心は残されてあったのか、彼女をむしろ家庭から離して遠く東京に遊学させるのが子のために良き道だと考えた。そしてかつみは母のかたみの古びしオペラバッグを守護符の如く胸にしかと抱（いだ）きて東京へ、かくてあの学校の寮舎に、そしてゆくりなく世にも美しき彌生にめぐり合ったのである。

ああ、かくてついに今日に及びしぞ！

かつみの長い亡き母の物語は終った。

『彌生さん、ゆるして！　こうした一つの望を負うてゆかねばならぬ私なの——私、貴女と離れるくらいなら、それは一緒に逃げても、死んでもかまわない——けれど、母さんへの申し訳をどうしましょう、――ただそれひとつが私を迷わせて――ねえ彌生さん、後生よ、考えさせて、考えさせて、けっしてけっして私は卑怯な子じゃあないの、貴女を裏切る者でもないの、ただこのひとつの母への誓いばかりに、考えなければどうしていいかわからない……彌生さん』

かつみは切なげに、かくうったえて泣き倒れた。そのかつみを抱きよせて彌生は袂に面を覆うて、さっきからかつみの物語をききつつ、泪を溢らせた瞳をふせて、ほろほろと――

『かつみさん――まあ、そうだったの――貴女という方は――』

胸に湧き上る一つの大きな感情をせきとめかねた如く彌生はかつみの背に泣き折れた、牡丹の花の艶に倒れ伏すにも似て……あわれにもあでやかに儚ない姿……。

『かつみさん――そうした誓いと望を持つ貴女ゆえ――私も考えなければいけないものを――ね、かつみさん、此の次の土曜の午後又おめにかかるまで、ふたりは考えぬきましょう。悔いのない一番のぞむ道を二人で選びましょう。ね、かつみさん、そうするより仕方のない私たちなのねぇ――』

彌生は二つ三つ年齢をとった如く、ませた口調で思慮深き姉のように振舞うて、

かつみの脊を撫でいたわって、助け起こして、その双手を握って引き寄せ、

『ねぇ、かつみさん、そうお約束をきめてしまったのよ、ね、さあ、もう遅くならないうちに、寮へお帰りになるのよ――』

とかつみの腕時計を見やれば、すでに門限の時に近かった。

『いやな彌生さん、今日に限って私を急(せ)き立て、追い返す気なの』

と、泪にうるんだ瞳でかつみはなじった。

『いいえ、そうじゃないわ、かつみさん、私どんなに貴女と一緒に少しでも長くいたいか、よく御存知のくせに――』

と彌生は美しい眼もとに、かえって恨(うらみ)をこめて、

『そんなら、何故いそいで帰れと仰しゃるの』

かつみが問いつめれば、あわれ彌生の声音もほそぼそと術なげに――

『だって、寮の規則を貴女に破らせては、あの、亡くなったかつみさんのお母さんに私がすまないゆえ……』

美しき子はかく言いて面をそむけ泪しぬ。

夕波かけて啼く千鳥、千鳥や千鳥浜千鳥、亡き母上に告げよかし、
汝が地に残せしひとり子のかたえに立ちし麗人の俤見ずやと告げよかし。

七、薄雪

げにや此のおとめふたり、いかなるえにしにおいて世(よ)に生れいでけむ。
そを《運命》と呼ぶは風なれや、はた《宿命》と呼ぶも迷(まよい)なりや。

おとめのひとり――彌生は現実にあくことなき夢そのものの生活実現を願い追求してやまない。もし行き詰れば死を望み決するのだ、美しく思うがままに我(わ)が欲するままに生き得ぬならば人の世の法(のり)と我が行きゆく喜びと相容れずんば、いさぎよく自らの生命を断ち切れば彼女はいいのだ。

あくまでも此の世の法に従わずして行く向(むこ)う見ずの強さ――むさぼる美とよろこびの哀歓(あいかん)を盛(も)りし愛慾の毒盃(どくはい)の底の一滴をもあまさず紅き唇にのみほしてこの世への白眼の蔑視(べつし)を送りて生命を投げて去りしクレオパトラそのものなのだ。

もひとりのおとめ――かつみには現実を遊離して芸術に生命の逃れ場所を夢見ることが出来た。この世の法は法、我が形而上の生命の世界は世界、別にしてゆける人の子だった――

されば ぞ、このふたりのやがてたがいに相容れぬ時が――今来たのではなかったか！　さもあらばあれ、かつみは今恐ろしき岐路に立たねばならなかったものを。

かつみは幾日幾夜まんじりともしなかった。寮舎に在っても校舎にあっても彼女の頭と心はそれでいっぱいだった。

――愛慾勝つか、母より伝えられし、一つの望を勝たせるか！

ともあれ、それはかつみの決心のひとつだ、彼女の前に投げ出された、此の一つの骰子はかつみ自身の手の一振りによって定まるのだ。

かつみは深夜ひそかに寝台を脱けて庭の樹陰に冬近き冷さを増す月の光に身を曝して悶え泣いて忍び音をもらした。

かつみ！　かつみ！　自らの名をかく呼びて泪をさめざめと流す彼女よ！

その名よ、いかで彼女をかくまで泣かすか？

まこと、かつみは《克己》という字の意義を持つものだった。彼女の母が青春に燃え痴れて、あやまちし結婚生活に入り、彼女の意志をも望もあとかたなく無残に破りすてられた、その苦しい苦しい悲しき経験はやがて彼女の嬰児に、その生涯己に克ちて、汝が母の如再びあやまちをすなとの無言の教えをその生涯烙印せんとして、《克己》をかつみと読ませて、その嬰児の名としたのである。

母がかくまで心づくせし、あわれ此の名よ、いま十重八重のきびしき鎖となりて、その子を結びいましめて深夜身悶えさせて嘆かせようとは、つれなき母よ――不孝と知れどかつみは母を怨まずにはいられない。

自らのなし遂げ得られざりし野心と望を我子に継がせ遂げさせようと必死の願いを懸けし母なる人よ、御身はあんまりに残酷な母！

かくひとたびは怨みたくは思えど、又しても眼に浮ぶは、あの上海の病院の一室に秋におくれ咲く白き薔薇を胸にして寂しく寂しく逝った儚ない母の俤――そを思えばかつみは胸を掻きむしられるよう……。

あわれ、神よ（かく呼ぶ者まことに
在さば）みこころのままに――

かつみは考え疲れ悩み倦みて幾夜目のその果に、夜を独忍び出でし庭の大樹の根に倒れ伏し泪に身を埋め終りぬ。

ややありて、ややありて——かつみが再びその面をあげて樹陰に立ち上りし時、もう泪は尽き果てしか、彼女の頰にもう泪は流れ出ようとはしなかった。彼女の瞳は鋭く澄み切って悲壮な興奮を底に沈めて、その唇は千切れて血の流れよとばかり必死と嚙み締められている。暫、化石せしごと佇立して茫然としていた彼女の、強く嚙み締められた唇はややあって初めて開かれた。

——母様、許して——

ただ一言……。

かつみは静かに跫音を盗んで寮舎に帰った。そして寝室に入らで、そのまま自分の机の傍へと忍び入った。そして純白のレターペーパーを取り出し、孤灯のもとペンを走らせた。

彌生様、私のやよいさん。

かつみは今宵決心をいたしました。

愛慾に身を捧げるか、芸術に身を捧げるか。

二つの炎の前に立った私の生命は唯一つでした。

一つの紅い炎の中に、貴女は私をさし招く、も一つの青い炎の中に亡き母は泪ぐんで私をさし招くのです。おお、かつみはどうすればよいのか！　わたしは幾夜を泣き濡れた今宵この寮舎から最後の手紙を貴女へかきます、何故ならばそれは、私はもう明後日土曜日の午後から寮に校舎に永遠に別れを告げて、彌生さま、貴女と共に、雨の日も風の夜も永劫(えいごう)に共に生き共に死ぬ身ゆえでございます。

彌生さま、

かつみは母に背(そむ)いても紅い炎の中の御面影の人を離れ得ない弱い子でございます。

いとしの君よ。

明後日土曜日の午後二時までに寮舎にいらっしゃして下さいませ、かつみは二人の旅の支度を調えて待って居(お)りますほどに。な、ゆめ忘れ給(たも)うな、その日と時を、わが生命の君よ。

かく認（したた）め終りて、かつみは気を失せしごと椅子に身を投げて灯のもといよいよ蒼白な面に血の気を失いぬ。しかも一瞬の後彼女は床に伏して双手を合掌し、祈願に似たる声を悲しくあげぬ。

――御母（おんはは）よ、ゆるさせ給え、さんたまりあ――

かくてその夜は明けぬ。

そのあくる日はどんよりした憂鬱な冬空の午後、――かつみは寮の我が居室（へや）をきれいに片づけ終って銀の腕時計の針がⅡに進むを待ちてぞあわれ気（げ）もすぐる。折しもかつみの許（もと）訪れし人――名はきかずともそのひとぞ。

かつみの旅支度はいたって簡単であった。スーツケースなどとても持ち出せる場合ではなし、ただ、今は見るさえ気のとがめる母のかたみのあの古びしオペラバッグと小さい包みひとつ――それに紺（こん）びろうどのケープを小脇に抱いて、いそいそと寮の応接間の扉を開いた。

そこにも旅支度の彌生が待ちかねていると思えば扉の開かぬうちに早くもかつみの胸はときめく。二人の旅立ち、地の果まで海の極（きわ）みまで二人相抱きて共にほろぶる生命の終りまで、かくて行くべきふたりのさだめぞ！　神よ守らせ給え！　かつみは扉をおののく手に開きぬ、おお、そこにありし彌生やいかに？……

かつみは、あっとたまぎる叫びをあげて、手にせる包もケープも床に取り落とした。

あわれ、かくまでいぶかしくも怪しきは彌生のよそおいぞ。

紫濃く匂う振袖、金襴の帯高く締めて、黒髪のろうたけし高髷の美しさ——げに嫁ぎの人の姿なりしぞ。

『かつみさん』

かく呼びて、はやその君は泪しぬ。

『…………』

答えの言葉知らねばかつみは黙って立ちぬ。

『今日まで泣き続けた彌生は、かつみさん、明日から生きたままの屍となる覚悟で嫁ぎます。貴女の俤ひとつ胸に生かして！……かつみさん、私はやっとわかりましたの、貴女を貴女をほんとにほんとに愛すのなら、貴女の望を遂げさしてあげるのこそ、愛する者の選ぶ道だと知ったのです……そう思い諦めるまでどんなに辛かったか……』

はらはら、露こぼす泪に面伏せるその人を睨むる如くかつみの語気は荒かった。

『彌生さん、かつみはもうあのひとつの望はきっぱり思いすてたのです！』

『いいえ、いけません、あの望をすててはなりませぬ、いとしいいとしいかつみさん、彌生が身に代えても、きっとあのお望は叶えてあげたいものを……』

彌生はつとかつみにより添いて、その手を犇と握って泪をこめてかく言いぬ。

『いや、いや、私はどうしてもいや、貴女に離れて生きてゆけない私です』

かつみは泣いて首を振り断髪を乱して彌生の胸にすがった。

『あの、芸術に生きてゆかねばならぬ貴女です』

『いいえ、彌生さん、芸術が何んです、文学が何、女流作家と呼ばれることが何んの価値があるのです、いかなる名誉も栄華もただ一人の貴女には代えられない私です、かつみです！』

かく言いて泣き伏すかつみを胸に抱きて彌生はその乱れし髪に幾そ度熱きくちづけと泪を惜まずそそぎつつ、

『かつみさん、私嬉しい、そう言って下さったそのひとことが、私の生涯の生きる力になりましょう。その嬉しいお言葉を胸に抱いて私は永遠にお別れして参ります――何処の果からでも、いつの日にも彌生は貴女の望の叶う日を祈り続けています。……かつみさん、いつまでたっても切りがない、もうもう思い切って、これっきり、……さようなら……』

彌生は胸を裂く思いで、つとかつみを引き離し、袂をひるがえし扉の外へいち早く逃ぐる如くに去り行こうとした。

『彌生さん待って、私を連れて行って、死のうとも生きようとも、ただ貴女のお心のままになる此のかつみですものを！』

がんぜない子供の如く、今は無我夢中に取りのぼせたかつみが彌生の袖にすがって放さない。

『かつみさん、貴女にそう言われると折角死ぬほどの辛い思いで覚悟したこの決心がにぶってしまうのに……かつみさん、後生よ、ききわけて下さいな、あの、これを見て――裾にも帯にも貴女のお母様への心づくしの千鳥を染めて繡うて一人さびしく見知らぬ街へ嫁いでゆく私の此の切ない心を知って下さったら――』

かく言う切なる言葉の響に打たれて、かつみは取りすがる人の裾と帯とに泪に曇る瞳を向けた。――裾に飛ぶ千鳥、帯に啼く千鳥――清艶にして哀れに儚なくも悲しきその模様よ、色よ、糸よ、おおかくまでに此の君は……。いまはただ、かつみはもう首うなだれしまま……。

『さようなら、かつみさん、かならずお母様への誓いを忘れずに……彌生は何処の空にいてもきっと貴女の為に祈って祈っていますよ、かつみさん……』

かく言い残すや脱兎の如く身を軽くひるがえして、高髷重かる身を走らせつ、早くも寮の玄関を立ち去る姿、紫の裾、紫の袖、げに千鳥啼く紫の波間に美しきニムフの沈み消ゆるにも似て……。

今はそを追う可き力も萎えはてし、かつみは去りゆく人の名を空しく呼びて床に倒れぬ。

――彌生さん――

自動車の爆音が寮の門に――美しき人はその車のクッションの上に紫の袂乱してくずれ泣くを……。

朝からの重苦しく雲低く垂れた灰色の曇空からは、その時うす冷たく仄白い雪片がはかなげに、降り落ちて来た。薄雪（うすゆき）ふりしくかわたれよ、さらぬだに泣かまほしさの初冬のこのたそがれを、又会う術もなきふたりなり。

降れよ薄雪、つもれよ淡雪……せめてふたりのおとめ子の胸の傷をば覆えかし……。

ああ誰（たれ）か《返らぬ日》をば取り戻す術もがな、
初恋のあの日のかずかずよ
ああ誰（た）が子ぞ、その日返し得む
愛でたかりけるひとときを

あわれ薄雪つもるとも、やがて溶け消えゆかむそのかそけくも仄なる淡雪にも似たるかな、儚なき恋の思い出は、ふたりの傷をいやさむ時もなく空しく嘆き悩まさむ。

あわれ、かつみよ！

汝（なんじ）がもし末（すえ）に芸術のその名のもとに生くるとも、《返らぬ日》の傷痕（しょうこん）永久（とわ）に尽きず心痛まむ。

　群を離れてただ一人
　世は喜びに騒ぐとも
　人は恋をば誇るとも
　われに淋しき痛みあり
《返らぬ日》
その思い出をこそいかにせむ。

あわれ、かつみよ、かくて彌生よ。
いとせめて、健(すこ)やかなれや、いとせめて――。

――おわり――

七彩物語

紫の君　その一

『あら——写真なんてありゃしないわ、——え、是非拝見ですって、まあ、後生だからかんにんしてそんなごくどうなことなさっちゃいや、え、見せてくれなけりゃ日が暮れても帰らないって、いいわ、お帰りにならなけりゃ、うれしいのよ、願ったりかなったり、一晩お話し合うのもいいわ、時は秋なり月さえたり虫の音もしげく——じゃあ、どうぞごゆっくり——え、写真どうしても見せなけゃあ沈黙したまま一晩居据わるって、まあ、でもいいわ、黙っていらっしても貴女がそうして傍にいらっしゃる事それが私の喜びで幸福よ、ほんとうにそうして黙っていらっしゃるところ見れば見るほど美術的ね、《沈黙の女神》って題された大理石の像みたいよ——あら、そんな顔して恐ろしい——ああ、ほんとうにどうしたらいいかしら？……困ったこと、あっ、いいことがある、じゃあ、こうしましょう。私の写真お眼にかけるのは願い下げですけれど、その代わり、その身代りにね、私の大事な大事な写真ブックの取って置きをお眼にかけましょう、これはね私の忘れ得ぬ面影(おもかげ)の主(ぬし)のうつし絵ばかり大事に納めてあるのよ、えっ、何(な)んですって、その方(ほう)がよっぽどいいって、私の写真なんか見るより――まあ呆(あき)れた現金の方(かた)ね、――でも、まあいいわ、さあ、じゃあ出しますよ、どれもこれも美しくて臈(ろう)たけてきれいで、御光(ごこう)がさしてよ、うっかり失礼なことして眼のつぶれぬ様に御用心――そら、――ねえ、まあ――て、そのはずよ、お美しいでしょう――あら、いやだわ、うッーなんて、そんな気味の悪いうなり声を立てて――』

と、みさをさんがよくもくたぶれず、一人でしゃべりたてて――そして私達の前に持ち出して見せて下さったのは、美しい古典(クラシック)なびろうど表紙の浮織(うきおり)に唐草(からくさ)か何かからませた模様のかなり古風な写真帖でした。そして始(はじめ)の一枚目にはさめられたのは、これも年月(としつき)を経たらしい写真でした。

その面影の主は、広い庭園の植込を背景にして裾のあたりは折(おり)から秋を七草のほどよう咲き乱れたのが、おのずと裾の模様に配されて、すらりと長い振りの袂(たもと)に立(たて)矢(や)らしい帯ぎわの品(ひん)のよさ――面影の麗(うるわ)しさ、そして清げに寂しい眼もとのうるおい、――ほんとうにろうたけた俤(おもかげ)です。

『この方、どなた?』

私達が好奇の眼を見張って問うと、

『名前なんて言うより、ただ紫の君って申し上げる方がよりふさわしいのよ、いつでも紫好みのお支度なの、そしてその紫が似合って、襟足のすっきりとそれこそほんとに大理石の磨きあげた様なんですの——そのお顔立に、紫地色に花模様か何かのお召物で、そして袴が紫——振りが古代紫——そりゃあ貴族的な上品で美しい感じのした方なの、私が暫 居た地方の女学校で同じ級だったのよ、——此の紫の君についての挿話お話しましょうか。——私達の三学年の二学期の始頃——学校の花壇の七草が咲き乱れて虫の音を夜毎に寮の方達が求める頃なのです。丁度古くからいらっした私達の級の国語の受持の先生が何かの御事情でおやめになったので、代わりに若い先生がいらっしたのです。その先生ね、少し気むずかしい方でしてね、ええ、——女の先生なの——御様子は品のよい若々しい方だっただけに、一寸おきどりやだったんですもの——それに、今まで東京の何処かの学校にいらっしたのですって、それが何かの故で心にもない都落をなさったのでしょう、それで内心甚だおだやかならずぷりぷりとなさる、それが罪もないほんとに一点の罪もない生徒への八ツ当りと発散されるんですもの、やり切れないのは生徒ですわ。

東京はよいもの、地方は悪いところ、とこう頭からきめてかかっていらっしゃる、その先生の態度には私共一同大いに憤慨していたんですの。

でも相手は先生で何しろいらっしゃるから喧嘩を仕かけるわけにもゆかず一同悶々の情のやるせないところ——。

その先生いつも教壇にお立ちになると遠く島流しに会った様な情けないやるせない元気のないお顔で、

「ほんとに東京の子は頭がよくってデリケートで、ポエテカルでローマンテックでセンチメンタルでリリカルで、そして読書力が強くてなかなかよくものを読んでいますから、国語を教えるにも張り合があっていいんですけれど、どうしても地方はそういう点に乏しいと見えて——皆様方は無感興ですね」

こういうことを仰しゃるんですもの——誰でも憤慨せずに居られませんわ、ねえ、思ってても見て下さい——少女の胸の悩みも憧れも泪に世に二通りがありましょうか、いいえ、けっしてないはずですわ、都に育つのも運命、鄙に育つのもそれは運命によっての、ただ環境の相違だけじゃありませんか、それに何んぞや都会の少女のみをデリケートでポエテカルでローマンチックでセンチメンタルでリリカルで読書力があってなんて実に実にけしからん——と生徒の不平はまさにクライマックスに達しましたの——

その時です——やはり国語のその時間——例にして例の通り張り合いのないお顔でしおしおと教壇におのぼりになりましたの、——そして何かの拍子で紫式部のお話が出ましたの、——紫式部なんて知っているか——ってまさかねえ、でもそんなお顔で、——

「紫式部はいつ頃の人です？」

「どんなことをした人です？」

などと、子供と遊んでいるような問答なさったのです。その位の常識的なこと答えられない人は私の級にないんですもの、ちゃんと御返事しましたわ、すると先生やっきとなって、ふーん、その位のことは知っていても、これから後はわかるまいって、いう調子でねえ、

「それじゃあ、その五十四帖の物語の名を御存じですか？」

ですって！　これはたしかに無理ですわね、だって何もそれまで先生も追求なさ

らないでもよかりそうなもの――でも仕方がないわ――よほど先生その日所謂むしいのいいどころがお悪かったんでしょう――ところで、大変教室の中が森としちゃって、さすがの茶目連も皇国の興敗此の一挙にありで、真青になりましたの――その時、その時、「はい存じて居ります」と、つと立ち上ったのが、この紫の君ですの――まあ、よかったと一同級の名誉のためにほっと胸なでおろしたものの、はたして無事に答えられ様かと、あやぶんだの、そうなると人事ではなくて、級中の名誉を一身に懸けてお立になったその人ゆえに胸をどきどきさせて、静まり返りますと、ほがらかに唇からもれる声――

　桐壺、帚木、空蝉、夕顔、若紫、末摘花、紅葉賀、花宴、葵、賢木、花散里――ってここで一寸息をついて、――須磨、明石、澪標、蓬生、関屋、絵合、松風、薄雲、朝顔、少女、玉鬘――ここで一寸また仄に息をついてねえ、――初音、胡蝶、蛍、常夏、篝火、野分、行幸、藤袴、真木柱、梅枝、藤裏葉、若菜上下――って、ここで一寸一息――柏木、横笛、鈴虫、夕霧、御法、幻、雲隠、匂宮、紅梅、竹河、橋姫、椎本、総角、早蕨、宿木、東屋、浮舟、蜻蛉、手習、――夢浮橋――ゆめのうきはし……で余韻が響いて――すらりと紫の袂がひらひらと、教室の中にも漂う夢心地、ほんとうに夢の浮橋を渡る心地――伝え聞くその上安居院の法院が石山寺へ詣ずる道すがら紫の薄衣匂いやかに舞わせつつ、源氏物語の供養を乞いしその俤の今又此処に現れてかとばかり――、先生が、さあ先生どうでしょう。ぼうとすっかり気が抜けたようになって、それを見て胸をすうとさせたのが生徒です、それからさらぬだに紫の君は生神様のように慕われて……ええ、勿論先生のお心持はすっかり、その日から大なる転化を来したのは言うまでもないんですの、そりゃあ熱心に教えて下さる様にもなり、校外の自然ののびやかな田園の風景を都では得られぬ賜物として愛でいつくしんで、それはそれはなつかしいお優しい先生におなりになったんですもの――ね、源氏物語五十四帖の名の力大なりと言うべしでしょう、ええ、その方のお名はって、柄尾しづ子さんって仰しゃるの――でも、やはり紫の君と申し上げた方がぴったり実感に合うでしょう――』

　みさをさんの此のお話を聞いて、いまさらに私共は、その美しい面影の主をなつかしく忍びましたの――。

水色の君　その二

紫の君の次は――と写真帖の新(あらた)な頁(ページ)はひるがえされました。其処(そこ)は、すっきりとしていかにも清らかな美しさそのもののような俤が現れました。

さても初夏の頃、そよ吹く風の裳(もすそ)に袖にさわらば、水に咲く花のように涼しくそよぎ匂うものをと――さわやかな感じのする羅(うすもの)の洋装――裾短かに下は純白な絹のスタンキングのすらっとして白靴の気持よさ――。

『この方、水色の君よ、お名前なんて言わないだっていい――水色の君、それで通るんですもの』

写真帖の持主はそう言いました。

ほんとにそうです。音の別に美しくもない日本の苗字(みょうじ)なんか改まって聞いたとて、せんないこと、それよりいっそ水色の君、その呼名で通る人とのみ伝え聞く方(ほう)がどんなにふさわしいことでしょう。

『お父様は外国って、ベルギーに行っていらっしゃるんですって、お母様はあちらでなくなって、フランスの方が第二の母さんって人なんですって、中等教育までは是非日本でというお父様の主義で、弟さんと二人で、日本へ帰って学校生活をしていらっしたの、弟さんは暁星に、この方はあの私達のスクールに、勿論直ぐとクラスのスターに輝いて——けれど、はでな賑やかな雰囲気はけっしてお持ちにならなかった方——ものさびた静寂な泪ぐましい、それでいて明るい純な感じのする方、譬えば初夏の明るい水色の風、初秋のさわやかな水色の風、前者は少女らしい希望の明るさを含み、後者は純な幽愁と思索の影を含む如く——なんですって、それで水色の君はとまれ、かくあれ、校中の名花ともてはやされる次第なんです』

『そう、ほんとうにそうした感じのする方ね、けれど、こうしてアルバムにお写真を入れてあるほどでは、よっぽど貴女とインチメートだったんでしょう』

御写真拝観者の一人が謹しんで少し皮肉の意味を含めて申し出でました。

『あら、だって別に——』

少し慌てた様でした。

『然し、ともあれ、かくもあれ、この写し絵をお貰いになる以上、やっぱり仲よしだったに相違ないと信じていいわけねえ』

と、なかなか手きびしく攻め出しました。

『だって、――あの、私ただ憧れただけなの』

『まさか、まさか此の写真（ホトグラフ）盗んでいらっしゃったわけじゃないでしょう』

『まあ、ひどい！』

それで、とうとう此の写真の持ち主が冑（かぶと）を脱ぎ始めようとしました。

『さあ、きりきりと白状遊（あそば）せ』

まるで、お白洲（しらす）にひっぱり出された罪人のような扱いです。

『ああ、人に自分のアルバムなんてもうけっして見せるもんじゃあないわ』

と後悔しても追（お）いつきません。

『後悔と号外は後じゃあ駄目よ、早く貴女のローマンス話すのよ』

と一同かたずを飲んで鳴りを静めて待ちかまえました。

『私、ほんとに困るわ、別にその色彩豊富なローマンスなんてものは無いんですの――、けれど、ただねえ、その水色の君を或（あ）る時はからず或る事に依（よ）ってお救いしようとして失敗したことがあるの――それはこういうわけなんです。私達の級では、試験の時の答案はクラス当番に当った人が後でまとめて、責任を持って先生のお机まで届けることになっていましたの、丁度それは私のクラス当番の時、国語文法の試験がありましたの、語学なら英仏二ヶ国を使い分けて、ひけを取らぬ水色の君も、この文法はずいぶん苦手だったんです。そのはずですわ、あの七めんどうくさい、やれは行二段活用のすべったの、ころんだのって、誰だってうんざりしますものね、そのいやなものの試験の日でしょう——水色の君の苦心は大変です。——一番遅くまでかかって答案かいていらっしたのです。試験の答案は、先生のお情でごく大目に見ても、その時間の終ってから十分以内という規定なんです。次の時間の始まるまでに、当番は全部集めて、先生のところまで持ってゆくのです。それが遅れれば当番の責任として、かなり叱られますの——その時間ね、私は規定の十分を過ぎてもいいと、覚悟してしまったのです。何故って水色の君に同情するのあまり、——公私の感情を混同する責めは自ら荷うつもりで……それで私は教室の片隅にじいっと目立たぬ様に身をひそめていました。けれども水色の君は十分過ぎ、ぴたりと——左手の小型な腕時計を、——寂しい瞳ほんとに寂しい瞳でごらんになると——つとそのままお机を離れて、はっと思っていた私の処へ、そのまま答案を持っていらっしたのです――

「もう、少しお待ち申します」私は思い切って申しました。少し赤くなって――

「ありがとう――けれども貴女にいけないことになりますもの」

――少し愁(うれ)いを含んで、きっぱりと、その君は仰しゃったのです。あんまり気高くて、私あの穴があったら入りたかったほど……思わず私さっと泪さしぐまれて……。

それから、間もなく学校をおひきになって、再び白耳義(ベルギー)にいらっしゃる時――あちらでお母様が永(なが)くお病みになったので――その時、このお写真を下さったの――。

『この僅(わずか)な小さい挿話(そうわ)でも水色の君の面影は充分、忍ばれやしない？』写真帖の主(ぬし)はこう言葉を結びました。

セピヤの君　その三

『今度は三枚目ね』

『さんまい――』こう言いながら、写真帖の次の頁を繰ろうとすると、

『いや、まるでお芝居の番町皿屋敷のお菊のやうな声を出して――』

とみさをさんに叱られました。

――その三枚目に現れた面影――

『この方――セピヤの君――』

『まあ――お写真もセピヤね、ソフト、フォーカス』

感に入った様に、皆は眺め入りました。

『ええ、そうね、ほんとうにあの――ブルーネット型――それは黒髪が字義通り純黒でこわくて、そして、瞳が暗く輝いて――かなりコンベンショナルの殻を破って個性のはっきりとにじみ出た人でしたの――譬えば、普通の多くの少女達が初々し

い薔薇の花のやうに明るく華やかに美しと愛でられる中に――これ又一風深く変って、鉛の如く重く暗く寂しくじみな感じの人でした――そういうタイプゆえ別に下級の人に騒がれもせず又級の女王になる柄でもなく、沈黙して寂しく静にクラスの片隅に人目に立たず居るかただったんです――けれども頭のよい方――或る深く高きものを忍ばせる天の智慧をこの方は持っていたのです、それだけに俗離れしていらっしゃって、周囲に理解されず又受け容れられる人ではなかったのです。しじゅう憂鬱な面持で人の顔もようは見得ずに、下うつむきがちのひと――

それは或る時でした――放課後の楽器練習の時間――その日は雨ふりのうす寒い日とてたいていの方早く帰っておしまいなさって、音楽室はがら明きで、いつも練習曲の入りまじって、聞えるオルガンの音もヴイオリンの音もしなかったのです――私はやはりその日楽器の課外時間をお休みにして、帰りかけた途中――ふと気づいたのは忘れものでした。それはお友達から借りたドストイエフスキーの「白痴」の訳書を、オルガンを一寸さらってゆくつもりで、音楽室の椅子の上に置いたまま来てしまったのです。もしか何処かへしまわれてしまうといけないと思って、私は慌てて一人引き返しました。

放課後の校内はしいんと一層賑やかだっただけに、なお一層淋しく沈んでいました。音楽室までの長い廊下を一人静に歩みゆくと、近づくに従い流れ来る一すじのメロディー……あの何んと譬えましょう――センチメンタルな可憐な、ふるればそのまま、あえなく散ろう葉末の露――いじらしく儚なく――しかも一脈強き愛慾の焔の伝わる、若々しい熱を帯びたその声――私はそぞろに胸うたれて佇みました。

いまひとたび
あわれいまひとたび
…………
君を思うと
もらしたまいね……

――あの白秋詩集の思出か何かの一節でしょう――誰かの作曲で――泪ぐましく狂しく、しかも、しめやかに哀れ深い叙情詩の小唄――のひびきでした。

私は無意識のうちに足音を盗んで近づいていったのです、――その音楽室の扉の外――に私は夢心地で立ちました――心憎くもかかる小唄の主はそも誰と思わず動いた臆病な好奇心が、その扉を恐る恐る少し開かせたのです――ああ――私は思わず立ちすくみました――はや日暮れ方のうす明り――セピヤ色に煙る音楽室の中、壁に添うてならんだ小型の大小とりどりの幾つかのオルガンの濃い、栗色の影落す中ほどにあのブルーネット型の面さびしい人が立って唄っているのです。広いうす暗い部屋にただ一人――日頃のじみな姿――目立たぬあせた色の袂に――袴に――その細長い姿も――セピヤにくすんでいるのです――そして、そして唄うそのひとの二つの瞳が、まあ――濡れているのですもの――ふいっと、そしてこのぶしつけな覗見立聞の人影を見出すと、ぴたりと唄声はやんでしまったのです――私はああ悪いことをしてしまったと、再び取り返しのつかぬ罪を犯した如く責められて、自分の幼ない好奇心のとがを深くはじたのですが、もう取り返しはつきません、再び再び――唄声のもれ流れるすべのなき――私は首うなだれて扉の中に思い切って入り、我が罪を謝す如くに、その人の前に離るる数歩かろうじて立ちました。

「ごめんなさい……うっかりして……」

私はこんな、とりとめのない弁解じみたことを言ってしまったのです。

「…………」

――答えはない――はっとしてうち見ると――耳の根まで、ほんとうに耳の根まで真赤に染めて、その君ははじらって――あの人知れず秘めて唄った声を聞く人ありしと知ってのうろたえと羞恥(はにかみ)の感情に打たれている。そのひとを眼(ま)のあたり見ると、なおさらさっきの自分の心ない業(わざ)がいまさらにくやまれてならなかったのです。

――思えば、思えば何んという不思議でしょう――あの寂しい目立たぬいたっていじみなくすんだセピヤそのもののシンボルの様な色あせてさびしい感じの人が、人知れず人知れずかくまでに、優しい甘くなつかしい情熱の声を唇にひそかにのぼらせる心の持主であろうとは――私はそのセピヤの色に包まれて立つ人の胸に小さく熱いしかもなつかしい暖(あたた)かい暖かい愛情のときめきが、つつましい《へりくだり》と《はにかみ》の衣(ころも)に包まれて匂いやかに咲くのを強くはっきりと感じましたの――それから、セピヤの君とひそかにお呼びして私にはもう忘れられぬひととなったのです――学校を出る少し前何かと少しお話したことがありました――伏目(ふしめ)がちになって低い声で「出来ることなら、私麹町(こうじまち)《英学塾》へゆきたいんですの」と仰しゃるゆえ「あの英文学を将来御研究?」と早合点して言ったら「いいえ――あのもし叶うことなら外国（あちら）へ行って宗教哲学を——」と言われた、さびしく落ちついたお声が今でも耳について……なつかしく泪ぐまれますの——ほんとに不思議な魅力を持つ方——何んの華やかな色彩とてはなしに——くすんでじみなそれなりに其（そ）の底に又熱い光を持って暖かに人をひきつける方——浮（うわ）ついた人の眼にとまる縁（えにし）はとてもなくとも、少し落ちついて見れば、はなやかな人の傍にいるよりも、もっと不思議な強い力を感じる人——セピヤの君はこの面影……』

みさをさんの説明の此不思議な魅力其物（そのもの）が——恐らくは今それを聞く人達の胸にも肯定出来たことでしょう——。

COBALTの君　その四

きみをみるとき
ひとのよに
かなしみありと
おぼえず

かばかりに
きみはさえざえと
はれやかに
うるわし
げにきみこそは
——COBALTの御君(おんきみ)

四枚目の写真の右脇に細いペンで、こういうSonnetめいたものがしるされてありました。

言わずともその写し絵の半身像は、大空の五月の頃の晴れ模様、若々しくきよらかに明るい無心のかがやき！

コバルトの色そのものの感じでした。天にはコバルトの空、そして地に又コバルトの少女あり――

けれども、私共がその次に眼を転じた時、同じ写真の左脇にそこに又かかれてある一つのSonnetを見出しました。

こばるといいい
こばるといいい

――Cobalt Blau

はれしおおぞら
あおぎみる

しみじみれば
ゆえもなく
なにかうれいの
わきいずる

わかきものこそ
あわれなれ

おもえば　かなし
おんきみの
はれしまゆにも
うれいしる

私共はそのSonnetに胸を打たれました――そして再び写し絵の半身像を見やっ

た時、ああたしかにただ美しとのみ見しその君の眉（まゆ）のあたり、なお一脈の仄（ほのか）にもかそけき愁思（しゅうし）の影を見出でました。

――あわれ、そのうれいこそ、人の世の若き少女の誰（たれ）しも、胸にひそやかに抱（いだ）かずにはいられない――Sweet Sorrow そのものではないでしょうか！

この写し絵はかくて写真帖の持ち主がただの一語も語らで、無言のうちに立派な説明を詩によってなされたのです。この心にくき小さき詩は誰（た）が筆のすさびぞと――

『この詩は貴女？』

と伺えば、みさをさんはほほえんで答えず……曰（いわ）く『そんなこと、どうでもいいじゃあない、要するにわかって下されば』と――

『いいえ、大問題よ、もしこの詩が貴女のお作だったら、私共今日から貴女を未来の女流詩人として尊敬するつもり――』

で大笑い――恐らくその時、あのこばるとの君も思わずほほえみ給（たま）いつらん……。

クリームの君　その五

写真帖の五枚目は異国の人の面影でした、ヴラウスの襟もとに黒く細いネクタイを無造作に結んだというよりはからげる様にして、垂らしたまま、金髪のかるやかに波立ちしを右より分けて、その分け目におくれ毛の柔らかきが、かそけくも音なく舞う如く覆いかかって、見るからにふさふさと広く高い上品な額の上に、濃い眉の下大きな大きな円い縁なし眼鏡、そのグラスを透して潤んで明るい理智を含む若々しい女性の双の瞳がありありと、その瞳は理智を含んでいるには相違ない、けれども少しもそれによって鋭いとがった感じを与えない、柔らかい潤った優しみがその奥に覗いている、明るいと言ってもぱっととりとめなく明るいのではない——何処かやるせなく又ひとしお人なつっこい一脈の暗想に似し陰影のひらめくのを感じられる……引き締った唇のやや大きな目で美しく凛々しく引き締ってあるのも、たのもしく聡明な若い女性の強い印象を与えられる——

『これ外国の方でしょう、アメリカ？　イギリス？　フランス？』

ひょうきんな調子で集(つど)いの中の一人はみさをさんに尋ねる。

『え、その方、あいのこよ――』

みさをさんの答えのもとに、

『アメリカのお父さん、イギリスのお母さん？……』

誰も好奇心の眼を見張る。

『いいえ、どっちも異(ちが)うわ、伊太利(イタリー)の方よ、お母さんは日本――』

『まあ』

『あのね、この方テレザさんと言うのよ、お母さんに十二の時お別れになったんですって、小さい時、お母さんがミラノの住居(すまい)で、テレザ母さんの生れたお国の風景も気候も伊太利によく似て、海の色の美しい島国で、春はさくらというピンクの花が咲くの――秋は桔梗(ききょう)という紫の花が咲くの――その島の少女は鈴の鳴る赤い木の靴を履(は)くのですよ、と話されたのが、ただもうなつかしく忘れられないままに、ミラノの音楽学校を出た年の秋日本の港へ来られたのよ――お母様の実家を長崎の街でお探しになったのだけれども、もう十幾(いく)年の昔の夢と化して、お実家の天野(あまの)という名のお家は残っていても血の近く続く人はいなかったんですって——仕方なく寂しい心を抱いて上京なさった時は、もう旅費も残り少なくなっていたのでしょう、私共のカソリックの教会で、声楽をお教えになるってことになったのだけれど、まるっきり日本の言葉が御不自由なんでしょう、でも仏蘭西語(フランスご)がお出来になるので、──私共カソリックの尼様方の通訳でよくお話した事がありますわ──伊太利の言葉は日本の言葉に似ているなんて仰しゃったこともありました──ね──その方、色にたとえればクリームって感じでしたの、このお写真のヴラウスだって卵色のリオン絹なのよ、よく柔らかにふっくらと似合うのよ、そしてそのお声までが柔らかにうす明るく何処かしめやかで若さの上に、少し寂しみを含んだところ、とても淡(あわ)いクリームって感じそっくりよ、ね、白というほど冷くきっぱりときまらず、そうかと言って紅というほどただ華やかに強烈でなく、実に夢見心地の仄(ほの)優しさとその柔らかな気持と若さの持つ或る寂しさが、どうしてもクリーム色の葩(はな)を忍ばせるんですの──』

『まあ、ところでクリームの君ってお呼びするの──』

『まあ、そういえばそうね』

『この方まだ日本にいらしって？』

『ホホ、いらっしゃると言えば早速紹介してよ、ねねが始まるんでしょう』

『ええ、そうよ、そしてたちまちにしてお熱をあげて、君思う子を哀れと思召せ、テレザの君よ、おお！　なんてやり出すんでしょう、おお怖い！』

『ええ、そりゃあもうお察しの通りかも知れないわ――』

『ホホ、およしなさいよ、貴女なんて、テレザの君からおことわりよ』

『ええ、何んですって、失敬な！』

『まあ、私の家へいらっしてまで喧嘩なんかしないで頂戴よ、それに喧嘩なんかしてもつまらないわ、肝心なクリームの君は、おあいにく様、もう日本にはいらっしゃらないのよ』

『ええ、まあ残念！　今少し早く伺えばよかった、ああ』

『ホホ、お気の毒さま、せめては貴女風月へ出かけてシュークリームの君でもお慕い遊せ。幾つでも紅茶と一緒に召し上がってお熱をおあげ遊せよ』

『まあ、そうひやかさないで私の話も聞いて頂戴――、ええと此の春お帰りになったのよ、そのクリームの君は、お帰りのお土産に、私ね、あのお母様がお話しになったという所謂鈴の鳴る赤い木の靴――の木履の高蒔絵の一つ揃えてあげたの、それは大喜びなさってね、東京駅でお別れする夜――プラットホームで「きっと私を忘れずに、伊太利へ尋ねて来て呉れ、ナポリに船のつく時私は港まで迎えに出るから」って仰しゃって涙ながらに、私の手をかたくかたく握って、そして――そして熱い熱い熱いキッスをして下さったの――』

　みさをさんの声はいつしか追憶の涙にしめった気配――『もう、たくさんよ』こう言ってふだんなら奇声を発してまぜっ返さずにはいられない人達も、思わず気を呑まれて――さすがの茶目さん連声もなく静まる。

　あわれ、クリームの君の呼名にふさわしいテレザ嬢は今伊太利はミラノのほとり――日本の処女の訪るる日を待ちつつ寂しい運命を美しい声に唄い暮していられるでしょうに！

雪姫　その六

××年八月軽井沢にて、こうペンで小さくかかれた一葉の写真をみさをさんは私達の前に示しました。丁度これで六枚目です。

その面影は夏の山荘を背景に立つ純白の洋装の、まだうら若い上品な処女の立姿――その足もとに投げられた夏の朝の陽の影までよくうつっている。

『素人のカメラではなかなか上手でしょう、此方のお兄さんがお撮りになったんですって、お名は山内みな子さん、御存じでしょう山内って一寸名門ね、昔の大名か何かの流れですって、その御分家よ』

みさをさんの説明――

『じゃあ、あの学習院でしょう』

気の早い人が呑みこんだ顔すると、みさをさん一寸たじろいで、

『いいえ――あのそれが少しちがうのよ、この方ね、あのもの言わぬ花なの、もの

言うを許されぬあの波間の美しい人魚の嘆(なげ)きを、そっくり持って少女の世に生れ出た方なのよ……』

『まあ』

『あら……』

とのみ、その瞬間一寸一座の空気が沈んだ。

そして、少し前とは非常に違った意味で、その写し絵をしげしげと。真白(しろ)の羅絹(うすぎぬ)のまといも心ありてか、あわれに寂しい……。

『まあ、ほんとに運命ね』

『ええ、運命というより、あの、宿命の人って言う方(ほう)がふさわしいわ』

『それで、この方(かた)、どうしていらっしゃるの？』

『え、だから、お小さい時からお邸(やしき)の奥でひそやかな特別の教育をお受けになって、でも読み書きには御不自由はなくて、おまけに美しい、かなり変った表現の油絵の才もお持ちになっていらっしゃるの、言葉を封じられた悲しい世界から覗き見る感受は又ちがって、何かしら強く人にせまる力を、そのカンヴスの上へ現していらっしゃるのよ――』

『まあ、じゃあ、言葉のかわりに、善き芸術を持って生れていらっしたのね』

『そう言えば、そうでしょうね』

『思えば私みたいにおしゃべりばかり、なみはずれて出来て、何一つすぐれた才能を恵まれない者よりは、はるかに幸福な方よ』

と、集いの中の一人が感動しました。

『でも、それは第三者の位置から見るからでしょう、御当人はどんなに辛いかわからない――でも、もう此頃ではすっかり諦めていらっしゃる、そして、言葉のない世界に住む美しい人なんです、ね、この写真の感じ、どう、私、雪姫とお呼びしたいの、純白――白、あの色のない色、そしてあらゆる色にまさる色、語らずして多くを含むあの白の持つ気品と奥深さ、宗教的の感じを伴ってせまる、おごそかさ――ね、白い色のよさ――白菊、白百合、白薔薇、白丁花、白檀、白椿、白撫子、白牡丹、白蘭、白蓮、花としても美しい――白絹、白綸子、白無垢、白金、白水晶、白珊瑚、白瑪瑙、白鳥、白鶴――何になぞらえても、美しいのね――言葉を持たぬ色、けれども言葉以上のすぐれた純な高さを持つ色――私この方をその色にちなんで、雪姫と申し上げたいの』みさをさんはこう語る――

『おお、雪姫、雪姫、ほんとにいいお名、言葉を持つ世界には、ともすれば、その言葉ゆえにの悲しい虚偽や卑しい媚びや恐ろしい裏切りが有るんです、けれども言葉のない世界は純ですわ、そして其処(そこ)には言葉の代りに、語らぬ熱情と、沈黙の愛とが満ちて清く保たれてあるんですもの、何故なら、けっして軽々しい言葉が生涯それらを汚(けが)すことがないんですもの……』

こう言う友の声に、私共は再び、その美しいけれども聖(きよ)い寂し味(み)を含む面影に対しました――。

？色

『これで丁度六枚目ね、あとは何(な)んの色？　黒？　近代的に臙脂(えんじ)？　それとも深紅(しんく)かしら？』

一同首をかしげて、アルバムの七枚目を、心おどる思いで開いたが、そこは――空白――まだ何も張ってなかった。

『――ホホホ、七枚目は無いのよ――まだなの――でも楽しみよ、これからはたしてどんな色彩(カラー)の君の面影が張られるかと思うと……そして、今度張られる写真(ホトグラフ)はきっと今日此処にいらっしゃる皆さまのうちの誰方(どなた)かよ――ね』

みさをさんはかく言いて微笑(ほほえ)みつつそのアルバムを閉じて、やや古びた銀の止金(とめがね)をぱちんとしめるのでした。

やがては、かくて――みさをさんが、そのアルバムの終りに残さむ面影は、はたしていかなる君ぞ？

その新なる俤の宿る日まで、此の物語の作者は、七彩物語（ななあやものがたり）の一つを？　とどめおくより致し方ないのですもの……。

やがてまた誰（た）が面影を止（とど）むらむ

ふるきあるばむ思い深くも

——おわり——

裏切り者

章子をその土地の女学校に入れるについては、母はかなり気にしていたらしかった。ただ父がわざわざ不自由をさせて遠くの女学校へ送ることの馬鹿らしさをきつくいやがって母の思惑を下積にさせたのである。もちろん父だってやはり少しはそのことは気にもなるのであったろう、つい三年前、姉娘のことで女学校の校長や先生達には、どれほどはずかしい思いをして来たか、わからぬので、ようやく忘れかけるその三年目に又妹の章子の入学でその学校に関連を持たねばならぬことの心苦しさと当惑はその父母にとっては一つの受難だった。

でも章子をとうとう入学させることになった。入学式の時にも父兄は一人出席せねばならないのに、章子には入学試験の時も外の生徒と一緒に連れて来て貰った。その春まで居た女子師範の附属の小学校の受持の先生が、保護者の代理としてついて来たのだった。

章子にもうすうす父や母の気持、三年前頃の姉と学校のこと、あの時の家うちの静かな騒動などが判じられわかるのだったから――皆、お父さんやお母さんらしいひとがついて来ている中に、特に自分にだけ父も母もついて来られない意味を思い返して、ふと身の引き締る気持――子供らしい悲壮な感じを覚えたので。

一年の一学期がすんだ。成績簿には一つ裁縫が乙だけで後はみな甲とかいてあった。裁縫は裁ち方の図解の時、何か出駄らめを苦しまぎれに書いてしまったせいだった。

その夏休みに父が県庁の人の転任を見送りに行った停車場で女学校の校長と落ち合った時「お嬢さんは出来がいい」と挨拶の中にはさんだ言葉を入れたと、父は帰ってから、夕御飯の時話した。

二年級になった時、春の文芸会があった。五月の中頃だった。章子はその日英詩の暗誦をさせられることになった。

母が章子の入学後初めて学校へ来ることになった。来るについても母はいろいろ考えた上でのことらしかった。

　プログラムが進み章子の番になり講堂の正面の壇にのぼって行った。母は前から二番目の椅子にいたから直ぐ眼に入った。母の隣には若い美しい夫人がならんで居た。そのひとは此の間県庁へ来られたばかりの理事官（今は何んと称するか、その頃こういう役名で若い法学士などの人達が県庁にいられた）の奥様だった。結婚後間もないひとらしく、どこか女学生めいてお嬢さまめいて、明るく若やいだひと、章子は官舎の奥様連の中でも、此のひとが一番好きだった。

　章子はたくさんの人の前へ出ても別にそうわくわくしてもの怯じはしない子だった。附属の小学校にいた頃から教生の先生達に覚えられてしまうほど、お話が上手で、たいぜいの前へ出て平気で読んだばかりの新しいお伽噺を（童話という言葉が今のようにはやらなかった）する生徒だった。だから、その日もどぎまぎはしなかったけれども、その若い夫人がまともに自分の方を注意深く見守っているので少し困った――

Twinkle, twinkle, little star,

How I wonder what you are
Up above the world so high,
Like a diamond in the sky!

別だんそう眼を白黒せずとも、こう一節を誦(しょう)すると後はもう機械的に楽で余裕があった。最後の章の繰り返しを誦し終ると、直ぐに訳語の方に移ってゆくのである。――この詩は英国のテーラー女史の有名な子供の為(ため)によい詩でございます――と英語の先生の教え込まれた通りの言葉を添えて、――これを日本語に訳しますと――きらめけ、きらめけ小さい星よ、汝(なんじ)は如何(いか)なるものなるぞ、み空に高く輝きて、ダイヤモンドにさも似たり……などという口調で言ってゆくのである、――旭日(あさひ)の再び輝くまでは汝は暫(しば)しも眼を閉じぬなり、きらめけきらめけ小さな星よ――訳語を誦し終って、お辞儀(じぎ)をして壇を降りてゆく――たいへんな拍手が起きた。もちろん下手だろうが上手だろうが、誰(たれ)でも此の拍手には会うのだから、あたり前だから章子はわくわくもせず、その時ちらと母の席を少しお澄(すま)しをした顔で見やった、母は――手を打ちたくても打てず、もうどうしていいかわからぬ気持ちらしく膝(ひざ)の上に置いてある小さい手提袋を両手でもちゃもちゃにしていた。そして隣席のある若い理事官の夫人がひっきりなしに白い優しい手を叩いていた。そして微笑みつつ母に何か言葉をかけた。母はもう、とても我慢の出来ぬ様子でニコニコし始め、そしてお辞儀をするような格好をした。そして明らさまにその眼は泪ぐんでしまった。章子はわくわくした、初めてわくわくした――生徒の控えの場所へ帰ってから、英語の先生が肩を叩いて慰労するように「上出来上出来大成功」などと笑いながら声をかけるのを後に馳けぬけて廊下に出て階段の下のくらがりにひとり立って、章子は思いもかけなく自分を不意に襲った強い感動を落ちつけようとするのだった。

三年の春、高貴な方が学校に台臨された時、章子の作文が優秀成績品の代表の一つとしてどんすの布で表装され、当日の献上品になった。「秋風に賦す」こんな題だった。

そんな事も、やはり父にもそうだったがとりわけ母は過ぎた日の学校への恥を取り返す大きな慰さめに思いこんでいたらしかった。章子にそれがわかると共に、あの二年の文芸会の時ほどの深い感動を持てず、少し自分を憂鬱にしてしまった。

どんなにしても絶えず、此の母の一つの気持ちを負うてゆかねばならぬ位置に、いつの間にか自分が動きのとれぬようにされているのを見出して、悲しまれたのである。

四年の新学期から、章子のクラスに転校して来た生徒があった。佐々木という内部部長のお嬢さんで、去年からもうお父さんは赴任して来て官舎に住んでいられたのに、その満智子という人だけ、東京の女学校に居残っていたのだった――それがその春から、この土地の女学校へ入って来たのだった。下級のうちはともかく、卒業期を前に控えた四年への転学はむずかしい筈だのに、お父さんのお役の御威光で校長さんがヘイヘイしたのだと生徒達のませた蔭口も有った。

満智子は綺麗なひとだった、綺麗といっても、いい家の娘らしくなよなよした優しいのではなく、張のある顔立ち、姿、眼も眉も鼻もきりっとして、つんとして、少し大人びた権高のところと、未成熟なコケトリーを持っている人だった。第一綿服主義の学校の規則なんぞは、始からけとばして、袂の長いはでな夜着みたいな柄の絹ものや友禅類を身につけて来た。少しお化粧もしているらしかった。

早くも官舎内の井戸端会議の課題にのぼった。

――折角東京の女学校に四年までやらせながら、卒業間ぎわになって田舎へ慌てて転校したりして馬鹿らしいじゃあありませんか――

――それがいわくつきなんですってさ。あのね東京の女学校で何かおもしろくない事があって、お父さんが困りぬいてこちらへお呼びよせになったんですって――

――つまり不良少女ってんでしょ。どうもいい家の子供に多いそうですよ――

――ほんとにねえ、われわれは判任官のピーピーですが、まあ子供がどうにかわるにならないだけみつけものだと思って諦めるんですね――

――そうそう――

こんな風に議案は解決されてゆき、すぐそれからそれへ噂が台所の水口やかなめ垣の裏木戸あたりから風のように入ってゆく。その外にもう以前からこんどの内部部長の奥さんは持参金つきだったとか、内部部長が苦学生時代、奥さんの実家、今は奥さんの兄さんが爵位をついでいる邸の玄関番をしていたので、なれ合いでとか、くっつき合いでとか、それで蔓があって出世が早いとか、赴任の時の家具や、お荷物はどうして知事さんなんか及びもつかない、金屏風が二双とかに、簞笥が幾棹で、その上、女学校にあるようなピアノがあったという大評判、――その又奥さんがお出入りの者にお嬢さんの転校に就いて御諚が下ったという、それは転校の理由として東京の学校は五年級制度で年限が長いが、こちらは四年でおしまいだから都合がよい。女の子に長く袴をはかせるのは禁物、帯の結び工合が下手になって後で困るから――と仰せがあったという――それ見たことか、いわずと知れた身にやましいことで不意に転校させて、田舎田舎と日頃いっていた土地の学校へ上げたから、気がさしてそんなつくりを言うんでしょ――と又井戸端といっても水道になっていたが、その辺で流言蜚語（？）が尽きない――

その中を平然と満智子はつんとして学校に通う、教室にいても控室にいても、運動場にいても、お前達平民百姓とはちがうというように、つんとして一人でいる。誰も傍へ近寄れない、誰にしたって転校した当座は寂しく侘しいので、もの怯じがしているものだのに、このひとは平気の平左でいた。

作文の時間に、先週の課題で模範的のいい文章を一つ二つ選らんで先生が読む中に章子のも入っていた。題は桐の花というので――何んとかで五月となれば梢に神楽舞の鈴に似たる紫の花、陽に照りて香ぐわしく仄匂うて何んとかして甘く儚なき花の香は何んとかで泪に沈む子をめぐる、濡れし瞳をあぐれば、何んとかでよれば冷き白壁に一樹の蔭を落して立つは桐の梢、紫の花葉蔭に盛られぬ、おおなつかしの花よ、かく呼びて梢の下立ちて仰げば梢空高く初夏の新月眉細く銀にかかりて烟るが如き黄昏、われはその梢のもとをさまよいつつ佇みつ離れがたく立ち去りも得で別れを惜しみぬ云々と――むやみと梢々と字をならべて泣いたり泪ぐんだりさまよったり立ち去りかねたり、おお、なつかしよ、などとかいたその作文が、たいへん上手だとほめられたのである。その日の帰りに、昇降場のかどで人波を打って出る生徒の中、つと章子の傍によった満智子が、

『あなた、明日から迎えに来てもいいわよ』と言う。

――明日から迎えに来て頂戴な――というのなら、普通である。それに別にこちらから頼んだ覚えもないのに、迎えに来ていいとは何事であろう……向うが内部部長なら、章子の父だって高等官のはしくれ従五位勲五等で土木課長ではないか、何も満智子のお父さんの役の下の下のその下役だと言うわけではないらしいのに――こう考えるのは理屈であってその時満智子のつんとして言った――迎えに来てもいいわよ――という言葉は章子にとって生れて初めてのような、魅力の強い美しい女

性的な言葉に感じられたので。

その翌朝、章子はのこのこ同じ官舎内の満智子の住居(すまい)へ迎えに行った。内からまっすぐの表玄関は式台などついていて、小さい格子戸(こうしど)の玄関が別に横についているから、章子はそこから家内の人達がふつう出入りするのだろうと思い、そこへ行った。女中が出て来て、愛想(あいそう)を言い、座蒲団(ざぶとん)を持って来た。その上りはなに章子は腰かけていた。ずいぶんそして待たせるのである。その内玄関をあがるとすぐに電話室があって、電話のベルがはげしく鳴っても誰も出て来ない、章子は深編上げ(ふかあみあ)の靴を脱いであがるのが、おっくうでいやだし——すてておいてやった——

暫(しばら)くすると女中が出て来て『只今(ただいま)お出ましになりました』と膝をついて言いに来る——只今お出ましになりました——は、ほんとにおかしい町内の祭礼の御神輿(おみこし)じゃあるまいし——それでも章子ははっとかしこまって内玄関を出る——きょろきょろ見渡したが、そこからは誰も出て来ない、——電話のベルがまだそれまで鳴っていた。地方の街の電話は呑気(のんき)である——少してれて、なおきょろきょろと見廻すと、はるかと言って少しのへだたりだが、向うの表玄関に、悠然(ゆうぜん)と、実に悠然と——満智子が立っているのだ、そしていかにもじれったげにパラソルの先で石畳(いしだたみ)を叩いている。

　春の朝の日ざしが、うららとさしている、満智子の姿は、品位があって美しく若き麗人だった。

　少しまぶしい気持――朝の陽とその美しい姿とに――章子はうす赤くなって傍へよった――お待ち遠様――とひとこと挨拶をするわけでもなく、又お早うとろくに言わぬ彼女、それでも少しも腹が立たず、章子はいそいそとくっついて学校へ行った。

　それから、ちゃんと満智子が表玄関へ出る頃、おくれぬように、内玄関や植え込みのあたりで待っていた章子が、そばへ行けるようになった。満智子はその時、章子を見る。ちらと身下の者にこぼす如き恩恵的の微笑をもらす、そして瞬間の後つんとお澄しをする少しコケテッシュな小さい貴婦人――そして女中が揃える草履――満智子は靴を履かない、袴を長目にして白足袋をくっきりと、少しすれすれに見せて常に田舎には売っていそうもない厚い草履を履いている。緒は模様の入っている時もあり、ただ真赤な時もあり、同じ赤くてもダリアの花の濃く深い黒いつやのある深紅の色の時もある。その草履をお天気の時にはきっと履く。女中が大きな天然石の踏石に取って揃えると、すうと白足袋の両足をおろして、ゆく——その態度はほんとに貴人の俤を備えて章子には見えたのである。

学校へ行っても章子は満智子のたった一人の友達の形になった。

それで、おいおい口も利くようになる、満智子はしゃべる、しゃべることはきっと先生を頭から馬鹿にしてかかった悪口である。その悪口も少女じみた女学生的口吻での悪口ではなくて、まったく大人のちえでものを言う、大きい女性の毒口をそっくりに言うのである。譬えば『あれは天保銭よ』などと、頭の悪い間抜けの先生なぞを一口でどやしつけてしまう口調である。章子は何んなりと彼女の口吻の前には答が出来ない。

満智子は教室でなかなか手をあげたことがない、勿論、そのひとが答ができなくて手をあげないのではない、ただ手をあげないのである、きそって手をあげ得ない大人——

それで先生の方で、いきなり『佐々木さん』と言って指名する。手をあげないでも指名する。すると、渋々彼女は立ち上る、そして答えることだけは答える。その答が先生の望み通りでなく、もう一つの言い方をさせたいと望み、そう注意しても彼女はけっして立ち上がらない、そしらぬ顔をしてそっぽを向いてしまう。出来るだけ先生の意に叶うような答をし度く、心をあせらせる章子風情の及ぶところでない貴族（？）的な威力をそれはもたらすに十分だった。

ユーゴーの『噫無情』の活動写真が街に出て、ふだんは活動見物を許さなかった学校もあれは見に行ってよろしいとの御ふれが出たので、日曜日に章子は友達と見物に行った。帰ると、その留守に満智子が自家へ遊びに来るようにと女中を迎えによこしたというので、取り返しのつかぬ事を仕出かしたと思い、たいへん残念がった。翌朝いつもの様に迎えにゆくと、その時門を出しなに『きのう、どうして居なかったの、もう迎えに来てはいけないよ』と宣告を下された。確に高圧的な乱暴な傍若無人の言い方である。章子はひと言も反抗出来ず、すっかりしょげ切ってしまった。それで迎えにもう行くことが出来ない、学校へ行っても遊ぶことが出来ない。満智子のお供みたいに忠実な侍女になり切っていたので、いままでの友達は白い眼をして、章子を仲間はずれにしているらしく、身体の持って行き場所が無かった。仕方がないので楽器練習の場所にあてられた、小暗い廊下の片隅のオルガンにかじりついてぶうかぶうか弾いて練習を懸命にしているらしくしていた。そんな日が二三日続いたが——或(あ)る日、又休み時間にぶかぶかしていたら、いきなり背中の後で、

『へたねえ、まるでタイムがめちゃくちゃだわ——』

という綺麗な声がした。振り返らずともわかった、それは満智子だった。

『さあ、私がタイムをとってあげるからね』

と言って傍の椅子に腰かけ鹿爪(しかつめ)らしく、ワン、ツー、スリ、ワン、ツー、スリなどと言い始める——

章子は少しとりのぼせて鍵をまちがえ指をとりちがえ、しどろもどろになってしまった。

『落第、落第、零点(れいてん)零点』

満智子は手を打って笑った。始業の鐘が鳴った。彼女は章子の肩に手をかけ、

『明日から又迎えに来てもいい』

と言った。章子は嬉しさにふっと泪さしぐみ気配になったので……。

夏休暇になると、満智子は東京のお母さんのお里へ行った。それから月半(なか)ばにお

里の従姉妹の人達とその街の近くの紅葉の名所の温泉へ出かけた。その温泉へ遊びに来る様にと言い官房の書記が連れてゆくと迎えに来たので、章子は出かけた。生れて初めて肉親を離れて一人旅をして他人の中に入ってゆくのである。なかなかのことだが章子はそれでも出かけた。

　満智子の滞在する大きな旅館の鍵形になった渡殿のような廊下を渡ってゆく、奥まった座敷二間を通して、満智子とそのお母さんとお祖母さんと女中の四人、従姉妹達は少し前帰京したので、俄に淋しくなり章子を呼んだのだという。

　座敷の前の植込の中の小さい池に緋鯉がいる。中の水は温泉で暖かいお湯だと、お祖母さんが説明したのを章子はかしこまって聞いていた。

　湯殿は時間をきめて貸切りになるところで、狭いけれども綺麗で、人造石で畳んである。お母さんとお祖母さんが何度も入り代り立ち代りのように入ってゆく、けれど満智子達はお湯はそうすきでなく入らない、夕方か夜入る、それもただ一度ぐらいである。

　外で遊んでいて、夜おそくなってからお湯殿へふたりで降りていった。身体が疲れているので、いいかげんぽちゃぽちゃしてあがってしまった——月がくもり硝子の小窓からさして暖かい水のちろちろと流れている石畳に斑がついて仄明るくなっていた——大きいタオルで身体の濡れを拭きとっていた満智子が石畳を上りかけて、いきなり足を出して——（ふいて）——といった、章子はそこに膝まずき大きいタオルの端で彼女の濡れた足の先までぬぐいとった——満智子はすらりと身体をそらして澄ましていた。章子もまだあがらず裸のまま、石畳の上にちろちろと暖かい山の湯が溢れ流れ、深夜の山の月が人造石に絶えず斑を落としていた。

二学期が始まってから間もなく音楽の若い女の先生が不意に郡部の方へ転任になった。その前一学期の終りには、生徒に人望の有った若い英語の先生が辞職して東京へ帰られた。その時も上級の生徒達は少し騒いだ。若い人望のある先生が、長く落ちつかず皆立ち去ってしまうのは、職員室に暗礁があるからだと言う、その暗礁は、教頭を囲んで一味徒党が常に自分達と相容れぬ教師を除外しようとする、又生徒に人望のある人達は嫉視して追い出してしまうらしいとのこと、これは上級の生徒の当推量ではあるけれども、いくら年齢はゆかずとも、知らず知らずのうちに反射するもので、そうした想像説は全然根も葉も無いことではなかった——そこへまたも夏休み後じきと、音楽の先生が左遷的な転任になるので、皆はもう昂奮して大騒ぎを始めた。

音楽の先生は、転任を内諾しながらも、よほど不愉快らしく、告別式の時、いたって簡単な告別の辞ながら、その中に一寸生徒への別離の悲しみに寄せて憤懣の意味を仄めかしたようだった。若くてやや情熱家らしい此の先生の振舞いは、もうその時生徒達を更に極度に昂奮させた。

――転任を止めてしまう、生徒は転任に反対する、あくまでも――こうした意志がおたがいに相談されかたまっていった。

四年級の二組全部、そのために同盟することになった。然し初めから寄宿舎のひとは、直接行動の中に入れないことにした。いつかもそんな風の生徒の団結的行為で職員室に当って行こうとした時、寄宿舎のひとの不自由さから、ひびが入って、とうとう実現出来ないことが有ったからである。

お昼のお弁当の時間の時『今日放課後、理科室へ集まって下さい』と誰か総代らしく言った。するとその後から、

『鐘を鳴らすわけにはゆかないけれど、すぐと理科教室へ入って頂戴』

と――満智子が言うのである。

それを聞き、章子は吃驚した。あのふだんクラスの者をものの相手にもしなかった、そのひとがこんなに気を入れて、今度の生徒同盟の音頭を取っているのに呆れたのである。――あの音楽の先生は、一週間に一二度満智子の許へピアノを教えに通っていた人だから或はそれに対する情誼の故でもあろうけれども――それよりも、もっと強く彼女に働らきかけているものは、彼女の興味的な感じからであろう、都を去ってから退屈きわまる無刺戟な、此の街の女学校生活、その中にいま起りかけた此の一つの出来事は彼女にとって珍しく華やかな色彩を帯びたものに思われたのであるまいか、章子にはそう思われた。

理科教室の階段式の机に皆がつくと、室の扉を皆閉めてしまった。中はまっくらになってしまう。

――明日登校しないこと。

――××神社の裏山に集まること。

――××先生の留任運動の決議文をかいて、校長に送ること。

――××や×××を排斥すること……。

こんな事が二三人の向うの教壇前に立った人の口から言い渡された、一種の宣誓(せんせい)式(しき)のように、皆はこの約束を守るように問いただされた。

――決議文は瀧川(たきがわ)さんがかくのよ、あなた、美文がうまいから――

満智子がその中で言った。

章子はおどおどした。

――瀧川さん明日、朝十時までに、かいて来てね、裏山へ――

ほかの幹事役みたいなひともこう言って、章子への一つの役目を向うできめてしまった。

章子は慌てふためいた気持――いつものように連れ立って帰る途中、官舎の中で別れる時、

『いいこと、しっかりうまく書くのよ、いい子だから』

と満智子は章子の方に身をすりよせて、その顔を見やって微笑み視線を送った――コケットなひとが、自分の美貌(びぼう)を信じ切り、又相手をひいているのを知り抜いた上で、一つの願いを事を向うへやって振る舞う――そうした大人の女のひとのよ

うに、満智子はした。

章子は下をうつむいた。

章子は家へ帰り、そわそわ自分の小部屋に引きこもって、考えて考えぬかねばならない。

——姉の康子が、丁度今の章子と同じ時頃卒業間ぎわに或るそそっかしい恋愛をして、学校を退学せねばならなくなった、——父と母は一寸生命を縮められるという字義通りの恥と悲しみを感じたのである。あの当時の家うち——父母の様子——思い出すのさえ章子は寂しすぎた。——そして章子は今まで絶えず自分としては出来るだけの注意と努力とで、いっぺん傷つけられた父と母への心づかいをして、どうにかせめて学校への父母のはずかしさだけでも章子によって、少しは取り償ってあげたつもりなのである——それがいくらかずつ重荷になりながらも、とうとう今日まで持ちこたえて来た自分である。それを今むざむざと今度の同盟休校から、元も子もないようにしてしまわねばならないのである。それはもう今日の理科教室を出る時から頭にのぼったことである。けれどもこれが満智子の加わって音頭を取る出来事である、章子は美しい女王の仰せ畏みて忠勤を尽す騎士の役に廻り度いのは山々である——此の夏、あの山の中のいでゆの湯殿の人造の石畳の上で、膝まずいて月光を浴び満智子の真白い脚をタオルでぬぐったのさえ夢見心地の喜びだった。章子には、今度も崇めの女王の手下に使われて役立つのは、こよなき喜びでなければならなかった。

けれども、章子はやっぱり小役人の娘らしく、心の根本に小胆な伝統観念が有ったのであろう。今までの父母への心づくしが泡のように消えゆく儚なさへの、センチメンタルとあの母へ姉と同じような傷を又与えねばならぬのが、堪えられなかった。

夜まで考え通して、章子は泪ぐんでいた。

その翌朝、章子はいつものように学校へ行った。少数の寄宿生と一緒に半ばがらんとした教室で彼女は一日を送った。

××神社の裏手に女学生の参集して同盟休校ののろしをあげた事は、たいへんな一大珍事として地方新聞が二号活字のみだしで報じた。主謀者の姓名も四五人出た。その中に満智子の名が真先にしるしてあった。小さい田舎街はその噂で持ち切りのように感じられた。小さい頃父の蔵書の中の明治維新史や征南奇聞（せいなんきぶん）などを読み、江藤新平（えとうしんぺい）の乱の一部に心ひかれて、反抗の持つ悲壮さとロマンテックな憧憬（しょうけい）を覚えたことのある章子には思うがままに同盟休校の音頭のとれる人達が羨（うら）やましかった。そして美しい満智子を戴（いただ）いて、皆必死となって学校の主権者へ反抗して行った昂奮の若々しい健気（けなげ）さを思うだけでも章子は我身（わがみ）が寂しく哀れだった。

父と母が、我が子の健全性を感じ、その時此の学校騒動に何等（なんら）かかわりなき立派な生徒だったことを思って、得意になり切り、誇（ほこ）っている様子を見ても気持が沈んだ。

学校側では父兄大会を開き、相互協議する事になった。章子の母は娘が今度の騒ぎに入らなかったのだから行く必要はないのに、出かけて行った。そしてにこにこして帰って来た。

『きょうは皆さんに、すっかり羨やましがられてね……ふだんのおしつけがいいから、こういう時に御安心だって……』

母はそう言って笑っていた。それは晩の食事の時のこと、父と章子にきょうの会合の模様を報告するのである。卒業間（ま）ぎわのこと、そして「女学校卒業」をお嫁入り荷物の一つに加えて、かたづけ様とする親達の心持では、何がどうであろうと、ともかく今度の騒ぎをおだやかに取り計らって貰い、娘に傷のつかぬ様にしたいので、ただもう是が非でもぺこぺこむやみと校長や先生達にお辞儀をしたのに、きまっている。その中でお辞儀をしてあやまらずともすむ母の位置は、いい年齢をして他愛もなくにこにこしてしまうほど、母を喜ばせ、優越感に満足させたのである。——今度は高見の見物だと、母の気持にあの姉娘のまちがい事のあった時、身も世もない辛らさで母親として自分一人の不運を嘆いた身が、今はたいぜいの母親の心配のうち、自分一人それをまぬかれた幸運さで、昔の痛手との差引きをして、世はすべて塞翁の馬の譬えに宿命的に昔の痛さをうすめてゆこうとするのである——章子にもそれがわかった——そしてやはり自分のした父母への心づかいがしなければならなかった事でもあるのもはっきりした——けれども、その後にすぐ彼女を襲う憂鬱と悲しみはどうする事も出来なかった。

したい事をする事の出来なかった、それと、それによってあの大切な美しい満智子から離れてしまわねばならぬ自分であるのを思うと——

もうどうしてあのひとの傍へよったり、口をきいたり出来るだろう。前には学校で一番彼女に親しいたった一人の自分だったのに——とうとう身辺の唯一の幸福を見失ってしまったのだと思った。哀れな裏切り者の自分を今しみじみ思いやって、章子は悲しまれた。

章子は寄宿舎の生徒の二三人と運動場の片隅で一緒になって辛うじて、それからの学校での放課時間を送っていた。

満智子とは顔を合せる時もなかった。彼女には又誰か取り巻きの友達が今度はたいぜい賑ぎ合って出来たらしかった。満智子はあの同盟休校の事件以来、いままで多少白眼視していたクラスの人達も、すっかり彼女に親しみと尊敬とを見せて喜んで其の下に立つという風だった。

秋も末に近い頃の日曜日、章子は母の使いで着物をよそゆきに着更えて出かけた。官舎の入口に瓦を山のように積んだ大八車が一台置きすててあった。その為路は半ば塞がり狭まれていた。そこを通り抜けて出ようとする時、向うから反対に入って来る満智子に出会った。彼女は麗しい盛装をしていた。そしていつもの様に厚い草履をはいて、しゃっしゃっとした風で、小女を供にして歩いて来る。

章子は、はっとして胸がどきどきした、あの事件以来、初めてめんと顔を向い合せるのである。

章子はじりじりと車の方に身を引き、車輪の心棒の油が着物や袂にふれると思うほど、身をひたと車にこびりつかせてしまった。その前をつんと取り澄して満智子が通り過ぎる。章子の方は見ないで正面をみたまま、しかもやや叮嚀に、いかにも礼儀厚く小腰をかがめて、

『失礼、ごめん遊ばせ』

こう言って彼女はさっさっと通り過ぎ去った。

――貴夫人がサロンで振舞うようなもの腰、声を出して満智子はさっさと行ったのだ――

やっと車を離れて立った章子は、小春日和の名残の陽ざしの中に遠ざかりゆく満智子の後姿を見送って暫 佇んでいた。

――満智子のその時の態度のこまちゃくれた小さい貴夫人ぶり以外に章子の心持に反射したのは、対者に向って自信を持ち切っていた者が、思いがけなく裏切られ

てその誇りを傷つけられた者の、負けぬ気でつんとその思いがけなくうろたえた心持の動きを押しかくす努力——それであったし、そんな風な気持をどうしても感じてしまったのだった。

——そして章子は又心寂しくなった……それは身辺の唯一の憧れをさえ今又見失ったと思い——官舎前の道路を章子はとぼとぼと歩いてゆくのだった。

——おわり——

日曜病（サンデーシック）

一

春は眠い…………。

まして日曜は一週一度の（善き朝寝）のうまし時ならしめよ——環はこう願うのに、可哀想に彼女にはそれが許されはしないのだった。

何故ならば——彼女は母に連れられて朝九時の教会の礼拝に出なければならなかったから……。

基督教徒は言う、日曜は安息日なりと。

安息日だって？　いやになっちまう、朝寝もろくに出来ない安息日が何んになる！　環は不平だ。

春の日曜はすばらしい。

薄いミルクに石竹色の汗が少しまざって仄に匂うんだもの――眠い、眠い――うつらうつらの夢心地、環はベッドの羽根枕に埋もれてそのままアイスクリームのように消え入るように――うっとりといい心持なのに――

『環、起きなさい、もう八時です』

と、彼女の母が呼ぶ、その声は茨の鞭だ、ぴしりと環の耳の根元を打って刺す。

『時は金なり――お前は知っているでしょう。もう二十分過ぎましたよ』

母は、又叫ぶ、――ああ私の母さんの心臓は眼ざまし時計だ！　時は金なり、ですって。でも、ね、環はお金より今眠る時が貴いんです。――

環はもそもそ起き上った、ゆうべ深くも垂れこめたままの緑色のカーテンに薔薇色の陽がさす、めでたき此の春の朝よ！　しかし、駄目よ、教会へ行くんじゃあ――ああ此の薔薇色の陽も新しい手をつけないすがすがしい光線も何んにも私の青春には役立ってはくれないんだ。

環は日曜の朝のセンチメンタルをもうコップで一杯呑み乾した。

日曜の朝の食卓、そこに温室の花が笑っている、チューリップ！　赤いお花、そんなに機嫌よくお前笑っていると今にお風邪をひくことよ——環はオートミルのお皿の中を銀の匙でこねまわす。

『お前、食慾がないのかい？』

有名なドクトルの未亡人の彼女の母は、心配そうにチューリップの花越しに娘を見つめる。

『ええ。』

環は一寸赤くなった。

教会へ母さんに引張られた仔犬みたいに、彼女は連れて行かれた。

讃美歌を唄う。

——第百七十六番——オルガンがいきなり叫び出した。

会集は深呼吸でもする様に胸を張って叫びを合せた。

わがたましいの　　したいまつる
　エスきみのうるわしさよ

峯のさくらか　谷のゆりか
　なになぞらえてうたわむ
なやめるときの　わがなぐさめ
　さびしき日のわが友
きみはたにのゆり　みねのさくら
　現世(うつしょ)にたぐいもなし……。

環は歌声を合せながら、いい気持ちになった、そして彼女は少し興奮して来た。
峯のさくらか谷の百合(ゆり)かなになぞらえてうたわむ、エスきみのうるわしさよ！
おお、素敵！　きみは谷のゆり、峯のさくら現世にたぐいもなし、おおエスきみ！
環は元気よくうたった。
まるでこれはあの方の讃美歌だわ。
S、S、エス、エス——あの方(かた)のお名の頭文字(かしらもじ)なんだもの——。
あわれ、神をけがす邪宗異端(じゃしゅういたん)の子は、かく思い歌声を合せた。
教会の帰りに母は言う、

『お前の声は今日は美しかったよ、熱情的（パッショネート）でね――』

二

S子（こ）とは環は学校がちがうから、日曜以外には会う時がなくなった、始（はじめ）は学校が同じだったのに、S子との友情――のそのひどさが目立って、彼女の母は此の春から独断で環を郊外の或（あ）るミッションスクールに転校させてしまった。

『S子さんは不良少女ですよ――朱に交（まじわ）れば赤くなる――お前はお前の善い友達を外（ほか）にお求めなさい』

母の宣告は手きびしかった。環はもうこうしてまるふたつきS子に会う術（すべ）もなく時を過（すご）してしまった。

手紙もいけないって！　門の郵便受箱の鍵は母の手にしかと握られた。

『S子さんが不良少女だって、母さんが善良な少女だと札（ふだ）をつけたような人なら、私はちっとも魅力は感じないわ』

環は心で反抗した。

次の日の日曜の朝、環は寝台の上で悲鳴をあげて母を呼んだ。

『母さん、たいへん、ひどい頭痛(ヘダツク)！　とても今日教会へは行けないでしょう』

環は日陰(ひかげ)の花みたいに蒼(あお)ざめて見せた。

『どれ！　少し熱があるようね』

母は娘の額(ひたい)に手をのせて言う――

誰だって、嘘(うそ)言をつく時は顔がほてる、熱ぽい額にもなるはずだったから――

『では、静(しずか)にやすんでおいで、もしひどいようなら、病院へ電話をかけさせますよ』

母は真面目(まじめ)な顔――

『いいの、少し休(やす)んでいれば治りますわ』

環は毛布を深くかぶってしまった。

時計が九時を打った、ばあんざい！　母はもう教会で牧師のお説教に聴入(ききい)っているはず！

彼女はそっと寝室をぬけ出て、電話室へ飛び込んだ。

二三十分の後、真紅(まっか)のパラソルが一つ――環の家の門へ入る――

環の母は——教会で牧師の説教が耳に入りがたかった、眼に入れても痛くない娘の今朝の病体を気づかうあまり——もし自分の留守中その病いが重ったとしたら、単なる頭痛が——更に恐ろしい病気への前兆であったとしたら……。

この心配はとうとう彼女の母親をして（神様へ一寸失礼）させて——教会から途中で帰宅させてしまった。

こうして母さんが我家へ帰ると、玄関に真紅のパラソルとそしてフェルトの草履がぬいであった。

×

その夜環の姉さんが自動車で駆けつけた。彼女は去年結婚して郊外の赤い屋根の家に若い夫人になって棲んでいるのだった。

環は卓子を間に姉さんと久しぶりで向い会って小さくなってちぢまっていた。まるでしおれてふるえている昨日の薔薇みたいに……可哀想に彼女はさばかれるのだ、その罪を、そして母さんは訓戒師に姉さんを呼びよせたのだから……。

『日曜病なんて駄目よ——すぐわかってよ』

姉さんは笑った、叱る前に一寸装飾的に笑って見せる必要を知っていた。

『そう、お姉様も御経験がおありになるの？』

環はつんとしていた、この薔薇は少し枝を持ちあげた。そしてちくりと姉を刺す元気を盛り返した。

『……経験なんか無くったって想像出来てよ』

姉は慌てた、

『ふ……、どうだか――』

妹はくすりと可愛(かわ)ゆい皮肉な微笑(びしょう)をした。

『ともかく少女時代に信仰をしっかり持つ事はその人の魂の成長を助けてよ――』

姉さんは年上の威厳(いげん)を示した。

『ええ、確(たしか)に、そうよ、私も信仰は持っていてよ――』

環はひるまず颯然(さつぜん)と答えた。

『その人が何故教会へ行くのをごまかすの？』

『私神様なんて信じないわ！』

『おや、じゃあ、何を信じるの、悪魔を！』

『いいえ！　私人間同志の愛情を信じるのよ、それだけよ！』

『え！』

姉さんがどぎもをぬかれた。

『お姉様がお義兄様（にいさま）の愛を信じて生きていらっしゃるように、私も――』

環はだんだん落ち付いて来た。

『まあ――だって、S子さんだって女の友達の愛を信じてどうするの？』

姉さんが現実主義者になって居た。

『…………個人の性格と生活に立入りっこなしにしましょうね――』

環は卓子を離れた。姉さんが悲鳴をあげた。

『母様、とても駄目よ、もう此の子は私の手におえませんわ！』

×

この話は、環という子が、私に話した事を一寸心おぼえにあっさり書いたまでである。

「花物語（はなものがたり）」にかいて頂戴！　命令的に此のひとは私の前で、少しもはにかまずほがらかに言ってのけた、――けれども「花物語」の作者は、この環を描くに少し恐れをなした。

『どうして、書けないの、ああわかったわ、きっと私の性格が強すぎて、少しもセンチメントがないからでしょう。――お気毒様、近代的の少女に（センチメンタル）なんて絶対に不必要よ――じゃあ、さようなら！』

彼女は葩を散らすような笑い声を私の部屋中まき散らして立ち去った。肉色の絹の靴下の脚は細く長くのびのびとして、彼女の歩みは早かった。

『これから、すぐムサシノカンへ行くのよ』と言いながら、

『S子さんに会うの？』と後から問うたら、『さあ、誰だか――』と、笑って行ってしまった。

春日は外にうららか――何んだか私も何処かへ出て行きたくなった。

五月と桐の花

うれしきは
あわれ五月

桐の花
桐のはな
うす紫に咲くゆえに
その花ほのかに匂うゆえ
きみを恋しと思うゆえ

N子はセルの単衣に着更えた朝、磨きぬいた編上げの靴でシュッシュッと二三度軽く玄関の三和土の上をすべって見る……

（いって、まいります）

N子は得意で校門をくぐって、

（お早よう）

と教室へダンスの足取で入る、カーテンを引きしぼってから、まぶしい朝の光りがきらきらと当る窓ぎわの机の蓋をあける。

赤い硯箱とノートペーパーがぐるぐると巻いて隅にちゃんと置いてある机の主は未だ登校しないのを知って軽い失望を覚えて廊下へ出た。

（遅いのね！）

（ええ寝坊しちゃって……）

ポーッと赤く染った目ぶたの美くしいS子を見た時にN子は漸っと安心してまた今まで待ちこがれた事を楽しい様な、くすぐられるような気持に思う。

死ぬるという事の次に大嫌な代数の時間は朝の第一時間である……

窓からグラウンドを見ると青草のいっぱいの中に、白い小さいものが見える。

（あっ私、ハンケチを失くした　きっとあれだわ）

椅子からバネ仕掛のように飛び立ってN子は扉の外へと走る。

（私いって、見てよ）

涼し声は二階段の上から……

（あった？）

N子がニッコリと高くふりあげるハンケチはひらひらと舞う。

（あら……いい匂……）

N子は、懐かしい人に自分のハンケチの匂のわかった事を嬉しく尚もひらひらと動かす。

（そーら。あれ、ね）

太陽の光に桜色の中に青白い細い血管の透して見える指をS子のかざした処、青く広い葉の蔭に薄紫の花がお神楽の鈴のように、かたまって咲いている。

（私　大好きな匂よ……）

こう、憧がれるように梢を見上げて白日に浴びて立ったS子の美くしい顔を見ると、此ハンケチの匂では無かったのかと梢の花の淡いねたましさ。

オルガンの音が教室の窓から流れる……

見上げる三年の室の窓へはもう数学の先生の黒い洋服が見える。

（どうしよう……）

二人はじっと、よりすがる。

肌のぬくみ。ふっくらとふくらんだ乳房がふうわりと触り合うほど……

（エスするの？）

二人は仕方がなさそうに微笑したとは云え、何処からか湧き上る嬉しさを目で言い合す。

梢のもとに、そうっと息をこらして頬摺していだき合う二人に、甘い花の香は乱れた黒髪に、セルの袖に群青の袴に、まつわっては消えまつわっては漂よう。

――二、六、五――

讃涙頌

卒業式

女学校の卒業式はものがなしい。

みな声を揃えて泣く。

ふだんは大変なニックネームなんかつけていた先生の仰しゃる言葉も、その日だけは身にしみて聞けてほろほろと泣く。

『みんな卒業しても身体は大切に……』

なんて月並な御挨拶を受けても、もうわっと泣き、めそめそとしゃくりあげる。

　仰げば尊しわが師の恩
　　学びの庭にもはや幾とせ……

などと唄いつつ、あっちでもこっちでも、真珠のような涙の玉がふくよかな処女の頬を伝わる、毎年これを見慣れてしまった校長職員の人達もさすがにその時だけは麻痺している厚っぽい神経をふるわせるかも知れない。さても何故少女達はかくも打ち嘆き悲しみ泣くのであろう？——いまさらそれを分解する要もない。

中学校の卒業式って見たことはないけれど、恐らく泣くひとはいないと思われる。

それだのに女学校の卒業式は泪の洪水である。

何故？　と再びしさいらしく申す要もない。

中学校卒業生は男である（言わないでもわかっているけれど）男には自由の未来がある、希望がある、野心がある、今までの禁制の煙草も酒も卒業後は一人前のつもりでのめると思ってよろこぶのもいる、大学に入ってセルの制服にクレバネットを肩にかけて気取って銀座を歩いて見たいよろこびを持つひともある、南洋へ行って大成金になりたいひともいる、海軍大将になりたいのもいる、その他みな若い青年の希望と野心時代に燃えて彼等は放たれた野のけものの如くに校門を、ほっとして飛び出すに相違ない。

けれども女学校はちがう。卒業後上の学校へやって貰える人はごく少数、多くは家にひっこんで銀の針をもって裁ち縫いの練習を強いられ、家事の手伝い、台所の女中役幼ない弟妹の世話、其の他妻になる予備準備に入る、ああ何んというつまんないこと！

そして結婚が彼女達を待ちうけているとはいえ、それが又たいへん、善き良人たる可く今のところ《男性》というものは、そんなによく神様がつくっておきにならなかったのが多い、妻はまずたいてい、服従と従順と義務と責任とを脊中にいっぱいむすびつけられて、その上男への快楽を呈上しなければならない。

やがて母となる《母性愛》という重い臼石がさらぬだに弱い彼女の首筋に結びつけられる。そして青春は束の間に去る——ああ！

ただ奉仕と犠牲の生涯、それのみ、ただそれのみが女性の生くる唯一の運命（というよりは宿命）の路なのだもの。

嘆くのも無理がない。

しかし、卒業式に彼女達は此の女性の宿命の波が校門の前に己れを待ちうけて居るのを、はたして知るや知らずや！

おそらくはそれを自覚せずして、ただ母校に別るる悲しみ、友に別るる哀愁その他の悲しみに泣くのであろう、ああ、思えば思えば、優しきものは、地上の花とそして少女子のみよ。この少女のやさしい心と身をもなお弄びふみくだき得る者がある、それは男というものであろう。何故なら新聞の三面記事には此の悲惨事が時々報導される。

かなしい世の中！

女学校の卒業式はかなしい。

美しい純潔な処女の別れの合唱をきくと私は泣きたくなる、胸がいっぱいになる。

おお、幸くませ、幸くませ、ゆくてのあらい人生の荒波をのがれていらっしゃい！

おお、けれど、いつまで幸いでいられるだろう、いつまで純潔でいられるだろう、おお、美しい報いられる恋が果して恵まれようか、ああ、彼女達の信頼してゆくより仕方のない異性ははたして忠実に女に対してくれるかしら？　……美しく清きもののいつしかほろぶ日があるであろう、呪われし女性の宿命よ。美しき花のやがて散るを思うて泣くのは神経過敏かも知れない、或は彼女達は私の愁うることは大きなおせわで、実は非常に幸福を感じているのかも知れない、もし、そんなら、これは単に私の無用のおせっかいの泪であり、私のせんちめんたるに過ぎない、そして少女諸子のため賀す可きである。

うっかりすると、そうかも知れないと思ったら、もう此の先をかくのがいやになっちまった。どうぞお笑い下さい。

同性を愛する幸い

愛は人生の曠野に咲く美しい霊魂の花である。愛なき時、愛を失いし時、愛にめぐり会わぬ時、いかに我々は悶え悲しみ寂寥に狂い泣くであろうか。

愛は寂しい人生に、ただ一つの灯台の紅き灯であり、暗夜の海に鳴り響く霧笛の調である。

愛する者は、愛する幸を知り、愛さるる者は、愛さるる幸を知り得る。

ひとたびは背き去らんとした人生の野に、ゆくりなくも咲き匂う愛の花を摘み得て、人生の勇者となって自己の生活をして、生甲斐あらしめた人もあろう。きのうまで、自己を祝福するが如く見えし人生も、ふとして失い散らせる愛の葩の再び胸によみがえりがたきを知って、たちまち暗黒の世と呪いて、我が身を永遠の眠に入るるに如くなしと思いつめる者もあろう。いかなる強大なる勢力も、その愛の力の前に何の甲斐ぞあろうか。

真珠と黄金もてちりばめし王冠も地に捨てしめ、輝く騎士の太刀も投げうたしめて、なおも惜しまずとするは、あわれ、これぞ愛あるのみ。

愛！　ああ。そは人類の抱く霊魂の過程に於ける、なくてならぬ貴い経験である。花の香りを分析し、虹の色を数字で表わそうとする科学者も、地上の智力の前には征服の光栄を荷うとも、霊に湧く愛の光の前には、可憐な小羊であらねばならない。

愛！　そこには、地を離れし心霊上の高められたる世界を私達は見出し感ずる。愛に生くる者は、その地を離れし高き世界に住まう者である。現実のあくどき真にのみ生くるを知りて、この霊によりて高き世界の夢に生くるを知らぬ者は、不幸な卑しい者である。

愛を感じる時、愛に酔う時、人は現実の真の境地を去りて、より高き霊の世界に移り住むのである。現実より高き心霊の領土に入る刹那の歓喜は、そこに未だ知らざりし宗教的神秘な感激が新に生れる。あらゆる偉大なもの、芸術も戦争も革命も、この大きな心霊にEvolution Powerにふれ得ないならばそれは人類にとって価値なきものである。

しかし、芸術も戦争も、革命も、そは、みな人類の燃ゆる愛の血潮の流れであり、霊の噴火であり、感情の熔岩であればこそ、多くの悲壮な犠牲は捧げられつつも、なお生くる人々はこの三者を離れては、生命の泉に渇するであろう。

プロメシウス天火をとって人間の胸に燃やす、ここに心霊は生れしという。心霊の火は愛の焔の輝きでなくて何だろう。

幼ない児の胸にも、愛の芽生は成長して、日に日に葉を茂らしてゆく、私達の童女の日泥人形の破れし胸を抱いて、あえかな涙に咽んだことを思う。そこにも、何かの表現は示されているのであるまいか。小猫や人形や母の頬に、言い知れぬ愛着の恋しさを知った童女の日は、かくて進んで、少女の紅き日となってゆく。

その柔らかな胸に育くまれゆく、春雨にあうて、のびゆく草花の様な美しい情操は、年若き少女のハートに日にまし成長し膨張して行く、渚にみつる海の潮の様に、凡ての情緒的道徳的の隙間は満たされる、その情緒の満ち溢れる霊を大事に抱くタイムの長ければ長いほど、その少女の性格は優美に強く寛裕に形づくられる。

美しい柔らかい夢見るような処女時代の、一日も長かれと祈るのは、けっして故なきことではない。童貞の純潔を守って、胸に燃ゆるデリケートな優しい愛の焔をかい抱きつつ桃色のゆめに、ほほえむ処女の日こそ、人生の美しいシーンの第一であろうものを。処女の童貞の美こそ、天上の幽秘を蔵する宝玉の輝である。処女の群のみ愛の純な恍惚に、さまよい得る小羊である。

それは仄である、おぼろである、菜の花畑の上に浮かぶ昼間の日の様に淡いものであろう。しかし、少女の日の中に愛は眼覚めてゆく。

美しさを追う心と、その美しい、ある名づけがたい思いを現実の上に求めて、憧れる心もち——何かは知らぬ、もの優しい春の潮に溺れゆく感覚——故もなく湧くスイートな涙——黄昏かけてものの哀れに泣かまほしい哀愁——。これらの色彩ある特徴は、みな、これ若き少女の世界にのみ許された現象である。このように、或ものに、あこがれる気分におおわれても、それをはっきりとは捉えて言い得ない気もち——その心に象をあたえ、姿をあたえた時——そこに「愛」という幼ない旅人が小さい歩みを運ばせて訪れて来る。

そうした時、少女の学校時代に非常に親密な友愛が起きて、大きい勢力となって成長する。たがいに思い合って、慕い恋する婉曲な、やさしい桃色のため息のような、その愛の思いよ。それは、まあ何という純な可愛い人生のエピソードだろう。

この少女時代に始めて生れた強い友愛は、どんなその人の一生を貫(つらぬ)いて、大(おおき)な影響を与えるものであろうか。

この友愛——年長の少女と年少の少女との間に、または教師と生徒との間に起った場合には、教育上非常に有益なもので、其(その)価値は計り知られぬほどのものである。かかる時年少者は、その年長者、或(あるい)は愛する教師を愛情の対象とするのみに止まらず、自己の精神上の一個の英雄として崇拝し、一切(いっさい)の行動を彼に真似(まね)る。年長者はそうした愛らしい年下の少女のしおらしい心にほだされて、進んで彼の保護者、援助者の格となり、知らず知らずの間に、美しい道徳的社会的な非利己的の性情を発達させてゆく。さればこそ、昔、ギリシヤでは国家で立派に法律を作って、この友愛を認識し保護したという。（これは勿論(もちろん)少女の群にのみではなかったであろう。）

おお、これほど美しい人間性の真珠の泉のように湧きいずる純な友愛をさえ、世の女子教育者、道学者達は、背自然(はいしぜん)として、又(また)堕落の初歩と呼びて非難する、そして少女同志の親密な熱い友愛は、何か卑しい暗黒面に沈むかの様に思いこんでしまう。それは何という無鉄砲な人間として恥(はずか)しい想像だろう。実に、美しい少女の友愛は絶望的な状態に置かれてある。

その結果として、可憐な少女達は自身の愛情に疑惑を挟み、折角神から恵まれた美しい優しい性情を圧殺してしまう。何という悲しい事だろう。このことは、その成長して人として社会に立っても、なお「愛」という意義を真面目に理解しあたわず、調子のひくい安価な恋愛に迷わされる所以であろう。

愛は、人生の行為として、一番大事な真面目な偉大な行いであらねばならない。愛の芽生は命にかけても完全な成長をなしとげさせねば、ならない。人を愛することは恥しい事ではない。人に愛さるることも、その愛は心霊に湧きし人間の聖い捧物である。

思うてここに至るなら、今日までの教育が、智育、徳育には、其努力の全部をそそいでまだ足らずとして居ながら、人間として大事な、社会を動かす大半の力を有する愛、そのものの教育を全く等閑に付して顧みようともしない、大きな欠点が痛ましく感じられるのである。一個の人格を築く上に、愛の発達、愛の構成が、いかに要用な礎になるべきかは誰しも肯定することではあるまいか。

ああ、この聖く優しき少女——処女の世界に湧き出ずる愛の泉の上に祝福あらんことを私達は心をこめて切に祈る。

解説

斜線堂有紀

これは、百合がまだ徒花であった頃の、傑作少女小説である。あるいは、正統派百合小説である。

ここに収録された作品は全て、一九二三年から一九二八年までに発表されている。二〇二三年現在から見てなんと約百年も前に綴られた物語だ。それでいて、描かれた少女達の心の揺らめきは、今もなお多くの読者を引き込むだろう。その筆の瑞々しさ、繊細な心の交流は、現代の百合好きにも響くだろうからだ。そして何より、彼女達の愛に対するひたむきさ、自らの愛を全く疑わぬ強さこそが読者のことを引きつけるだろう。この一冊は、徹頭徹尾愛というものを賛美している。

表題作『返らぬ日』は、かつみと彌生という乙女二人の恋物語である。退廃的で耽美な彌生に惹かれ、かつみは世にも激しい恋に落ちる。女性同士であることを意識しながらも、彌生への恋情を募らせ、その愛の真っ直ぐさで彼女の愛を手に入れる。しどろもどろに告げられた「あのう……私……あんまりひどく貴女が好きなものだから」という言葉に胸を打たれない人間はいないだろうから、さもありなんという感じである。

《あぶのうまる》とわざわざ作中で言及しながらも、二人の恋は真っ直ぐに進んでいく。彌生が指環を付けていることで狼狽したり、お揃いの黒子(ほくろ)を入れてみたりと、彼女らの蜜月は微笑ましく愛おしい。かつみから彌生への愛は屈託が無い。かつみの愛、そして彌生の愛は全面的に肯定されている。ここに、全ての吉屋信子作品に通じる信念――愛は、人生の行為として、一番大事な真面目な偉大な行いであらねばならない。(『同性を愛する幸い』)――を感じるのである。この文章から分かるように、吉屋信子はいわば「愛情賛歌」を念頭において物語を綴っている節がある。

　実際、最終的に二人は別離してしまうわけであるが、それは彼女らの愛が一過性の熱病だったからでも、現実の困難の前に無残に散る程度のものだったからでもない。二人を引き離したものは、かつみの身に宿る文学への思いだ。いわば、人に対する愛と母から継いだ芸術への愛の対立により後者が勝つ、という関係の終焉なのである。この結末も、吉屋信子の愛への真摯さを感じさせる。二人を引き離すのは時代背景や周りではなく、芸術という名の別種の神なのだ。だからこそ、二人は返らぬ日の傷を抱えたまま生きていけるのだ。

吉屋信子作品では、愛が踏みつけにならない。それが、読んでいる人間の心を甘やかに解(ほぐ)してくれるのだ。

続く『七彩物語』では、一転して様々な恋模様が描かれる。写真と共に語られる仄(ほの)かな憧れの記憶は、読んでいてとても微笑ましいし、ときめかされる。特に「クリームの君」の物語に沸き立ち、その顚末に静まりかえる少女達は、エピソードも含めてとても味わい深い。まるでチョコレートボックスのような短篇だ。

何より、当時の少女達にとってこの物語はどれだけ宝物になっただろう。『七彩物語』を読んだ少女達は、自らの内にある憧れに向き合い、そっと触れてみたのではないだろうか。語られなかった七枚目を自らの内に見いだし、この想いがそこに並び立つほど素晴らしいものだと気づかされたに違いない。ここも、吉屋作品が愛を貴んでくれている所以だと思う。同じように『五月と桐の花』の密やかな愛情にも、自らを重ね合わせる少女がいたのではないか、と思う。これらの物語はなんとなく抱えていた大事なものに、輪郭を与えてくれるからだ。

『裏切り者』では、立場に翻弄される少女達の愛情が描かれる。関係性としてはオーソドックスなロマンに彩られた、優等生と不良少女の関わりである。つんとしていて生意気な満智子に、章子は何故か惹かれていってしまう。満智子の側も、章子に自らの特別な位置を明け渡す。だが、章子は満智子に付き従う気持ちと自らの家族に傷を与えることへの躊躇い(ためら)を天秤に掛けた結果、満智子を「裏切って」しまう。

状況を考えれば、章子の行動は全く理解出来ないものではない。むしろ、時代背景を考えれば無理からぬものである。しかし、満智子は章子のことを赦すことなく、考え得る限り最も酷いやり方で彼女のことを罰するのだ。満智子が章子に初めて声を掛けた時のことを思い出すと、対比的な最後の言葉は背筋が凍るようである。だが、それほど酷い態度を取ったとしても、仕方ないのだ。何故なら、章子は愛を裏切った人間だからである。ここにも、一番大事で真面目で偉大な行いは愛である、という考えが表れている。作中でこそ満智子が不良少女と称されているが、実際には章子こそが不真面目な人間であるのだ。

この苦しさは女学校の卒業式を題材に取った『讃涙頌(さんるいしょう)』にも通じるものがある。卒業式を越えれば望まぬ婚姻や生活を強いられるであろう美しき清い花たちの悲しさは、愛に殉じることの出来ない悲しさである。

愛を肯定されて安らぐ少女もいれば、ここに綴られた言葉を読んで慰められた少女もいただろう、と思う。

こうして現代にも届く愛情賛歌を書き上げてきた一冊であるが、それが見事に結実したのが『日曜病（サンデーシック）』だ。

この掌篇は少し趣が変わっていて、環（たまき）という実在の少女が吉屋信子に語って聞かせた話をそのまま書いたというのだ。彼女は自分と、自分が想いを寄せるS子との物語を『花物語』（吉屋信子が著した連作集）に書いてほしいとねだり、断られるなり『どうして、書けないの、ああわかったわ、きっと私の性格が強すぎて、少しもセンチメントがないからでしょう。――お気毒様、近代的の少女に（センチメンタル）なんて絶対に不必要よ』と啖呵を切ってみせる。

『花物語』に入ることはなかったが、環とS子の物語はこうして結実し、遠い現代まで届いている。確かに『返らぬ日』や『七彩物語』のようなセンチメントは無い。だが、この二人の愛のありようこそ、吉屋信子の理想とする愛の強さであり――だからこそ彼女は、環の願いを聞き遂げたのではないか。

現在では、徒花と散らず想いを実らせる百合小説も多い。現実の同性愛に関しても亀の歩みではあるが、法整備が進んでいる。愛する二人が結ばれることは、前ほどは夢物語ではなくなった。足りないところは多々あるけれど、愛をふみにじることに対しての抵抗は生まれてきているのだと思う。

およそ百年前、愛を貴ぶ少女達の中で篝火（かがりび）となったのは吉屋信子の物語だった。愛の強さは時代を貫いて令和の世までも届き、きっと新たな読者を同じように照らすだろう。私達は当時の少女達のように、こんな愛があったらいいな、あるいは近くにあるのかもしれないと胸を躍らせることだろう。それこそが、きっと吉屋信子の本懐だ。

近代的な少女にセンチメンタルは不必要。そうかもしれない。咲かない花を咲かせる力。人間は愛情賛歌を躊躇わなくていい。やっと時代が環の言葉に追いついた。現実に、フィクションに、ありとあらゆる愛を愛する人に、この一冊が届けばいいと思う。私もまた、何の衒（てら）いも無く愛を描くことへの躊躇いを除かれたような気分だ。そうでなければ、私はこの花達に顔向けが出来ない。

（しゃせんどう・ゆうき＝作家）

吉屋信子著書目録（大正６年〜昭和25年）

目録作成にあたって

吉屋幸子

本目録は、吉屋信子の著書のうち、処女単行本『赤い夢』刊行の大正６（１９１７）年から、昭和25（１９５０）年までに刊行されたものについて、書名・刊行年月日・出版社・叢書名・収録作品・装丁者・挿画者のデータを記したものです。紙幅の都合上、採録対象は初刊本（最初の単行本）とし、再刊本については、新収録の文章（序文・あとがき等も含む）があるものに限定いたしました（ただし、『花物語』は後述する出版事情に鑑みて、交蘭社版と実業之日本社版については、再録のみの巻も含めた全巻を採りました）。収録作品の記載にあたっては、再録のものについては＊を付し、タイトルのない序文等については「〔序〕」といった形で〔　〕を付しました。また、雑誌の附録や共著についても、判明した限りにおいて記載しました。

従来、吉屋信子の書誌は、朝日新聞社版全集の吉屋千代編年譜が多く参考にされてきましたが、漏れている著書や刊行年の誤りが少なくありません。また、吉屋信子の著作は、個人全集・文学全集が初刊というものがかなりの量にのぼります。たとえば戦前の代表作『女の友情』は新潮社版全集（昭和10年）が単行本としては最初の刊行形態です。『花物語』については、はじめ『少女画報』連載中に洛陽堂より三巻までが出版（大正9〜10年）されましたが、まもなく信子と洛陽堂との関係が悪化して絶版となり、既刊分は民文社より再刊されました。その後、交蘭社より第四巻が出版され、一〜三巻も同社より改めて刊行されています（大正13年）。大正15年には、連載が終了していた『少女画報』掲載の単行本になっていない分と、同年に『少女倶楽部』に再連載されていた分を収録した第五巻が刊行になりました。また、昭和14年には、現在国書刊行会で再刊されて今なお親しまれている、中原淳一氏装丁の三巻本が実業之日本社より刊行されています。

なお、蛇足ではありますが、田辺聖子氏による信子を主人公とした創作『ゆめはるか吉屋信子』（朝日新聞社）の「参考資料」には「吉屋信子著書」として『渦潮』（大正12年、新潮社）が挙げられていますが、これは中村武羅夫氏の著書であり、信子のものではないことを申し添えておきます。

なにぶん素人が手さぐりの状態で作った書誌ですので、遺漏等もあることかと思います。お気づきの点がございましたら、河出書房新社編集部気付でご一報いただけましたら幸いです。

『少女物語　赤い夢』　大正6・12・28　洛陽堂

〔序〕／一握りの草／小さい探険／さゝふね／赤い実／クリスマスの夜／赤い手毬／浜撫子咲く頃／羽子板ものがたり／鳴らずの太鼓／赤い夢／エライザ姫／幼ない音楽師／浜辺の娘／文鳥と糸車／少女十字軍の話／銀の壺

『屋根裏の二処女』　大正9・1・25　洛陽堂

屋根裏の二処女

『花物語　第一集』　大正9・2・13　洛陽堂

〔序〕／鈴蘭／月見草／白萩／野菊／山茶花／水仙／名も無き花／鬱金桜／忘れな草／あやめ／紅薔薇白薔薇／山梔の花／コスモス／白菊／蘭／紅梅白梅／フリージア／緋桃の花／紅椿／雛芥子

『花物語　第二集』　大正9・2・13　洛陽堂

〔序〕*／白百合／桔梗／白芙蓉／福寿草／三色菫／藤／紫陽花／露草／ダーリア／燃ゆる花

『童話集　野薔薇の約束』　大正9・3・1　洛陽堂

〔序〕／野薔薇の約束／蒔いた鈴／茸の家／湖の蘆／赤い鳥／残された羊／光のお使／黄金の貝／魔法の花／湖の唄／鳩のお礼／鐘の音

『地の果まで』　大正9・10・15　洛陽堂

〔序〕／地の果まで

『花物語　第三集』　大正10・4・16　洛陽堂

〔序〕*／釣鐘草／寒牡丹／秋海棠／アカシア／桜草／日陰の花／浜撫子

『海の極みまで』　大正11・3・18　新潮社

海の極みまで

装丁　蕗谷虹児

『黄金（こがね）の貝』　大正11・4・15　民文社

吉屋信子童話集第一輯

〔序〕／黄金の貝*／眼なし鳩／小石と旅人／森の鶉／幼い音楽師*／光りのお使*／文鳥と糸車*

／残された羊*／赤い胸の小鳥／二つの貝
装丁・挿絵　蕗谷虹児

『地の果まで』 大正12・1・25　新潮社
改訂出版に際して／地の果まで*
装丁　蕗谷虹児

『散文詩集　憧れ知る頃』 大正12・4・15　交蘭社
序文／憧れ知る頃／同性を愛する幸ひ／美しき冒険者／美を生む者／理想の女性／海の夢／小さな笠／一つの羽根と万歳の話／銀のナイフ／舞扇／赤き世紀の人々／あやめの女／忘れえぬ面影／歌の手箱／夕顔の花／生れた国のもの／片瀬心中
装丁・挿絵　蕗谷虹児

『花物語Ⅳ』 大正13・2・16　交蘭社
〔序〕*／黄薔薇／合歓の花／日向葵／龍胆の花／沈丁花／ヒヤシンス／ヘリオトロープ
装丁　蕗谷虹児

『花物語Ⅰ』 大正13・3・3　交蘭社
〔序〕*／鈴蘭*／月見草*／白萩*／野菊*／山茶花*／水仙*／名も無き花*／欝金桜*／忘れな草*／あやめ*／紅薔薇白薔薇*／山梔の花*／コスモス*／白菊*／蘭*／紅梅白梅*／フリージア*／緋桃の花*／紅椿*／雛芥子*
装丁・挿絵　須藤しげる

『花物語Ⅱ』 大正13・6・20　交蘭社
〔序〕*／白百合*／桔梗*／白芙蓉*／福寿草*／三色菫*／藤*／紫陽花*／露草*／ダーリア*
装丁・挿絵　須藤しげる

『少女ペン書翰文　鈴蘭のたより』 大正13・8・10
宝文館
〔序詩〕／鈴蘭のたより
装丁・挿絵　加藤まさを／書　岡崎英夫

『女流作家十四人集』 大正13・9・1　高陽社
現代作品集6

ミス・Rと私
※他十三人との共著

『花物語Ⅲ』 大正13・9・16 交蘭社
〔序〕*／釣鐘草*／寒牡丹*／秋海棠*／アカシア*／桜草*／日陰の花*／浜撫子*／燃ゆる花*
装丁・挿絵 須藤しげる

『古き哀愁』 大正14・5・14 交蘭社
はしがき／古き哀愁／星／麗人怨／幼なき一人／五月と桐の花／ほゝづき／ほたる／簪
挿絵 竹久夢二
※昭和2年4月、交蘭社より普及版刊行のさい、『美しき哀愁』と改題

『花物語Ⅴ』 大正15・3・3 交蘭社
〔序〕*／スヰートピー／白木蓮／桐の花／梨の花／玫瑰花／睡蓮／心の花／曼珠沙華
装丁・挿絵 須藤しげる

『返へらぬ日』 昭和2・1・15 交蘭社
返へらぬ日／七彩物語／裏切り者
装丁・挿絵 須藤重

『三つの花』 昭和2・8・30 大日本雄弁会講談社
作者の言葉／三つの花
装丁・挿絵 田中良

『泊夫藍（さふらん）』 昭和3・2・7 宝文館
泊夫藍／日曜病（サンデーシック）／理想の女性／彼女の口笛／秋の噴水／鉛筆／勝子と澄江／或る初恋／小さき者と老ひたる人／小さき者／離れ島／不思議な幌馬車／空しき廻転／長崎の灯／夏／珊瑚の簪／讃涙頌／瓦の波を泳ぎて／図書館のこと／若き魂の巣立ち／Sweet sorrow に就きて／あまのぢやくの唄へる／毒婦之賦／届けぬ文(及び曲譜)／秋夜の譜／雪の宵／胸の竪琴に合せて／秋の風／嘆き／個性／寺院の鐘／草笛／(すゞ)／(たばこ)／(めがね)／(すとうぶ)／(ほゝづき)／(ゆびわ)／露／微風／

離愁／影／月

『空の彼方へ』 昭和3・6・26　新潮社
空の彼方へ
装丁・挿絵　林唯一

『白鸚鵡　外一篇』 昭和5・1・5　平凡社
令女文学全集4
白鸚鵡／暁の聖歌
装丁　山六郎／挿絵　林唯一

『少女ゼット』 昭和5・3・30　婦人之友社
フレンドライブラリー4
はしがき／少女ゼット
装丁　竹久夢二／挿絵　深沢紅子
※マルゲリット原作の翻訳

『異国点景』 昭和5・6・15　民友社
〔序〕／旅立つこゝろ／満洲を渡りて／シベリアを行く／モスコーから伯林へ／伊太利の印象片々／巴里／倫敦遠足記／ミス、あめりかの横顔／あちらで見た映画／帰ってから／巴里の塩鮭（ソーモン・ヒュメ）／男の無い風景／凡下のこゝろ

『失楽の人々』 昭和5・9・17　新潮社
長編文庫
失楽の人々／寧楽秘抄
装丁　蕗谷虹児

『七本椿』 昭和6・1・5　実業之日本社
作者の御挨拶／七本椿
装丁　杉浦非水／挿絵　深谷美保子

『暴風雨（あらし）の薔薇』 昭和6・6・1　新潮社
暴風雨の薔薇
装丁　山六郎

『鳩笛を吹く女』 昭和7・6・25　春陽堂
日本小説文庫
鳩笛を吹く女

挿絵　林唯一

『小市民』　昭和7・11・15　春陽堂　日本小説文庫
小市民
挿絵　田中良

『紅雀』　昭和8・1・5　実業之日本社
作者の言葉／紅雀
装丁　杉浦非水

『理想の良人』　昭和8・9・26　新潮社
理想の良人
装丁　村上英明／挿絵　岩田専太郎

『名作物語　リットルウヰメン』　昭和9・10・1
実業之日本社
『少女の友』27巻10号附録
はしがき／リットルウヰメン（若草物語）
装丁・口絵　中原淳一
※オルコット原作の翻案

『ペン字の手紙　娘の手紙　妻の手紙　母の手紙』
昭和10・1・1　主婦之友社
『主婦之友』19巻1号附録
ペン字の手紙
挿絵　中原淳一・田中良・長谷川露二・吉邨二郎
／書　井上千圃

『わすれなぐさ』　昭和10・1・17　麗日社
はしがき／わすれなぐさ
装丁・口絵　中原淳一

『女の友情』　昭和10・2・1　新潮社
吉屋信子全集(1)
女の友情
装丁　望月春江／口絵・挿絵　林唯一

『一つの貞操・小市民』　昭和10・3・4　新潮社
吉屋信子全集(2)
一つの貞操／小市民*
装丁　望月春江／口絵・挿絵　小林秀恒

『桜貝』 昭和10・4・5　実業之日本社
〔序〕／桜貝
装丁・口絵　中原淳一

『愛情の価値・失楽の人々』 昭和10・4・8
新潮社
吉屋信子全集(11)
愛情の価値／失楽の人々*
装丁　望月春江／口絵・挿絵　伊勢良夫

『追憶の薔薇・空の彼方へ』 昭和10・5・7
新潮社
吉屋信子全集(3)
追憶の薔薇／空の彼方へ*
装丁　望月春江／口絵　嶺田弘・挿絵　嶺田弘・
小林秀恒

『女人哀楽・鳩笛を吹く女』 昭和10・6・8
新潮社
吉屋信子全集(5)
女人哀楽／鳩笛を吹く女*
装丁　望月春江／口絵・挿絵　伊東顕

『三聯花・彼女の道』 昭和10・7・12　新潮社
吉屋信子全集(4)
三聯花／彼女の道／白梅の宿／女歌舞伎
装丁　望月春江／口絵・挿絵　富田千秋

『屋根裏の二處女・花物語』 昭和10・8・24
新潮社
吉屋信子全集(7)
屋根裏の二處女／花物語
装丁　望月春江／口絵・挿絵　山六郎

『地の果まで』 昭和10・9・18　新潮社
吉屋信子全集(8)
地の果まで*／ミス・Rと私*／夏草／姉妹／ハ
モニカ／櫟林の家／王者の妻／女人涅槃経／
童貞女（びるぜん）昇天／巴里の塩鮭*
装丁　望月春江／口絵・挿絵　伊東顕

『暴風雨の薔薇・寧楽秘抄』昭和10・11・4
新潮社
吉屋信子全集(9)
暴風雨の薔薇／寧楽秘抄
装丁　望月春江／口絵　山六郎・挿絵　山六郎・富田千秋

『あの道この道』昭和10・12・9
大日本雄弁会講談社
〔序〕／あの道この道
装丁・口絵・挿絵　須藤しげる

『海の極みまで（附）随筆集』昭和10・12・13
新潮社
吉屋信子全集(10)
海の極みまで*／異国点景(抄)*／点燈夫／夏*／長崎の灯*／空しき廻転*／毒婦之賦*／あまのじやくの唄へる*／三宅さんの死／生れた街の印象／桜の賦／青葉病／覗き眼鏡／擬人法
装丁　望月春江／口絵・挿絵　伊東顕

『理想の良人』昭和11・1・15　新潮社
吉屋信子全集(6)
理想の良人
装丁　望月春江／口絵　林唯一・挿絵　岩田専太郎

『続・女の友情』昭和11・2・29　新潮社
吉屋信子全集(12)
女の友情(後編)／日本人倶楽部／凡下のこゝろ*／隣の夫婦／童貞／アポロの話
装丁　望月春江／口絵・挿絵　林唯一

『双鏡（そうきょう）』昭和11・4・15　新潮社
昭和長篇小説全集　第七巻
双鏡／男の泣く時
口絵・挿絵　小林秀恒

『処女読本』昭和11・5・15　健文社
令女読本全集一
若き日の不安に答へて／若き魂の巣立ち*／憧

れ知る頃*／Sweet sorrow（スヰート ソロー）に就きて*／美しき冒険者*／美を生む者*／讃涙頌*／大きい勝気に生きる／貞操／純潔の意義に就きて／老嬢論／愛し合ふ事ども／人類へ女性の熱情を贈る／図書館のこと*／秋雨の遊就館／海の夢*／女の歌声／夏*／小さな笠*／忘れ得ぬ面影*／空しき回転*／まだ見ぬ花／鉛筆*／ミス・Rと私*

『からたちの花』　昭和11・6・13　実業之日本社

作者のことば／からたちの花

装丁　須藤しげる

『女性の文章の作り方』　昭和11・8・27　新潮社

入門百科叢書

〔序〕／女性の文章の作り方／附録――「源氏物語」から「たけくらべ」まで――

『小さき花々』　昭和11・9・25　実業之日本社

〔序〕／忘れぬ眉目（まみ）／天国と舞妓／姉の幻影／素直な心のひと／田舎の親類／小さい父さん／考へる子／たまの話／人形の家／女の子

装丁・挿絵　中原淳一

『吉屋信子集』　昭和11・12・20　アトリヱ社

決定版現代日本小説全集　第十三巻

女の階級／お嬢さん／崖／女同志

装丁　恩地孝四郎

『毬子』　昭和12・3・5　大日本雄弁会講談社

毬子

挿絵　須藤重

『良人の貞操』　昭和12・4・28　新潮社

良人の貞操

装丁　堂本印象／挿絵　小林秀恒

『男の償ひ』　昭和12・7・20　新潮社

男の償ひ

装丁　堅山南風／挿絵　小林秀恒

『私の雑記帳』 昭和12・7・28 実業之日本社
〔序〕／トラピスト修道女と語る／鉄窓の女囚生活を見る記／北海の孤島に燈台守を訪れて／マニラ游記／村雲尼公にまみゆる記／フェリシタ夫人破婚裁判の傍聴記／歌妓勝太郎に会ふの記／双葉山と語り合ふ記／京洛舞妓絵文／帝国ホテル細見／戦艦比叡便乗記／巡礼の道を辿りて／納経帖／白堊の新議事堂に帝国議会を傍聴するの記／今は亡き新渡戸博士の憶ひ出／私の雑記帖／有無／男だつたら／食味の変遷／昇降機／樋口一葉女史の墓

『白き手の人々』 昭和12・10・18 改造社
改造文庫
白き手の人々

『戦禍の北支上海を行く』 昭和12・11・12 新潮社
戦禍の北支現地を行く／戦都上海行／北支上海現地報告（講演筆記）／後記
装丁 高井貞二

『母の曲』 昭和12・11・28 新潮社
母の曲――Stella Dallas――より
装丁 望月春江／挿絵 志村立美

『家庭日記』 昭和13・9・20 新潮社
吉屋信子選集（第一巻）
家庭日記／作者の日記――昭和十三年――
装丁 中原淳一／挿絵 嶺田弘

『女の友情』 昭和13・10・26 新潮社
吉屋信子選集（第二巻）
女の友情*／作者の感想
装丁 中原淳一／挿絵 嶺田弘

『神秘な男』 昭和13・12・5 新潮社
吉屋信子選集（第三巻）
神秘な男／相寄る影／私の海軍従軍記／作者の感想
装丁 中原淳一／挿絵 嶺田弘・小島操

『お嬢さん』 昭和14・1・15 新潮社
吉屋信子選集（第四巻）
お嬢さん*／蝶／日本人倶楽部*／作者の感想
装丁 中原淳一／挿絵 嶺田弘

『理想の良人』 昭和14・2・18 新潮社
吉屋信子選集（第五巻）
理想の良人*／作者の感想
装丁 中原淳一／挿絵 嶺田弘

『花物語（上）』 昭和14・3・20 実業之日本社
はしがき／鈴蘭*／月見草*／白萩*／野菊*／山茶花*／水仙*／名も無き花*／鬱金桜*／忘れな草*／あやめ*／紅薔薇白薔薇*／山梔の花*／コスモス*／白菊*／蘭*／紅梅白梅*／フリージア*／緋桃の花*／紅椿*／雛芥子*／白百合*／桔梗*／白芙蓉*／福寿草*／三色菫*／藤*／紫陽花*／露草*
装丁・挿絵 中原淳一

『良人の貞操』 昭和14・3・23 新潮社
吉屋信子選集（第六巻）
良人の貞操*／作者の感想
装丁 中原淳一／挿絵 嶺田弘

『妻の場合』 昭和14・4・20 新潮社
吉屋信子選集（第七巻）
妻の場合／佐渡ヶ島日記／作者の感想
装丁 中原淳一／挿絵 小林秀恒

『花物語（中）』 昭和14・5・20 実業之日本社
はしがき*／ダーリア*／燃ゆる花*／釣鐘草*／寒牡丹*／秋海棠*／アカシヤ*／桜草*／日陰の花*／浜撫子*／黄薔薇*／合歓の花*／日向葵*
装丁・挿絵 中原淳一

『双鏡』 昭和14・6・9 新潮社
吉屋信子選集（第八巻）
双鏡*／作者の感想
装丁 中原淳一／挿絵 嶺田弘

『花物語（下）』 昭和14・7・3 実業之日本社
はしがき*／龍胆の花*／沈丁花*／ヒヤシンス*／ヘリオトロープ*／スヰートピー*／白木蓮*／桐の花*／梨の花*／玫瑰花*／睡蓮*／心の花*／曼珠沙華*
装丁・挿絵 中原淳一

『一つの貞操』 昭和14・7・18 新潮社
吉屋信子選集（第九巻）
一つの貞操*／作者の感想
装丁 中原淳一／挿絵 嶺田弘

『男の償ひ』 昭和14・8・22 新潮社
吉屋信子選集（第十巻）
男の償ひ*／作者の感想
装丁 中原淳一／挿絵 嶺田弘

『女の教室』 昭和14・9・3 中央公論社
女の教室／あとがき
挿絵 岩田専太郎

『母の曲』 昭和14・10・9 新潮社
吉屋信子選集（第十一巻）
母の曲――Stella Dallas――より*／紫式部／モルガンお雪さんと語る／作者の感想
装丁 中原淳一／挿絵 嶺田弘

『伴先生』 昭和15・1・28 実業之日本社
伴先生
装丁 中原淳一

『未亡人』 昭和15・11・27 主婦之友社
未亡人
装丁 望月春江／挿絵 小林秀恒

『乙女手帖』 昭和15・12・17 実業之日本社
乙女手帖
装丁 深沢紅子

『女流作家十佳選』 昭和15・12・30 興亜日本社
蔦

※吉屋信子編、他九人との共著

『最近私の見て来た蘭印』 昭和16・5・14
主婦之友社
『蘭印』に寄す／蘭印／驟雨（スコール）／見て来た蘭印

『花』 昭和16・6・28　新潮社
花
装丁　川端龍子

『月から来た男』 昭和19・2・20　白林書房
月から来た男／十二月八日の西貢／仏印・泰国の十二月八日前後／あとがき
装丁　納富進

『海の喇叭』 昭和19・4・20　日の出書院
海の喇叭

『永遠の良人』 昭和20・9・20　北光書房
永遠の良人

『童話集 てんとう姫の手柄』 昭和20・12・20
湘南書房
新日本少年少女選書
てんとう姫の手柄／野薔薇の約束＊／眼なし鳩＊／光のお使＊／姉妹と宝石／あえまりあ／おばあさまの話／小さい女王様／三つの夢／四つの木の葉／紅雀の姉妹の話／からたちの花／おみかん／大きい兄さん
装丁・挿絵　岡秀行

『残されたる者』 昭和21・5・5　北光書房
残されたる者
※「残されたる者」は、昭和17年『毎日新聞』に連載された「新しき日」の改題。昭和28年11月、向日書館版『吉屋信子長篇代表作選集』第三巻に収録のさい、表題が元に戻された

『母の小夜曲』 昭和22・5・10　偕成社
作者のことば／母の小夜曲＊
挿絵　辰巳まさ江

※「母の小夜曲」は「暁の聖歌」の改題。昭和28年5月、ポプラ社版『暁の聖歌』に収録のさい、表題が元に戻された。

『三つの花』 昭和22・6・25 家庭社
家庭文芸名作選(令女版)
再刊のことば／作者の言葉*／三つの花
装丁・挿絵 蕗谷虹児

『桔梗』 昭和22・9・10 雄鶏社
桔梗／あきくさ／聖女／女の杯／孤雁／ただ神ぞ知る／諸人助け帳
装丁 志村立美

『司馬(しま)家の子供部屋』 昭和22・10・5 つるべ書房
作者の言葉／司馬家の子供部屋
装丁 真野紀太郎

『乙女の曲』 昭和22・11・20 偕成社
作者のことば／乙女の曲／讃美歌176
装丁 初山滋
※「乙女の曲」は、昭和16年『少女の友』に連載された「少女期」の改題。昭和28年11月、ポプラ社版『少女期』に収録のさい、表題が元に戻された。

『街の子だち』 昭和22・12・1 東和社
吉屋信子少女小説選集
街の子だち
装丁 松本かつぢ

『七本椿』 昭和23・1・25 ポプラ社
作者のごあいさつ*／再刊のことば／七本椿*
装丁 辰巳まさ江

『歌枕』 昭和23・1・31 矢貴書店
歌枕
装丁 木下春

『花鳥』 昭和23・5・5 鎌倉文庫
花鳥／あとがき

装丁　岡村不二夫

『**憧れ知る頃**』　昭和23・6・1　ヒマワリ社
ひまわり・らいぶらり
鉛筆*／夏草*／海の夢*／銀のナイフ*／小さな笠*／一つの羽根と万歳の話*／生れた国のもの*／扇*／青春に贈る／憧れ知る頃*／若き魂の巣立ち*／Sweet sorrow に就いて*／女性と自我／著者のことば
装丁・挿絵　中原淳一

『**あかずきんさん**』　昭和23・9・1　寿書房
あかずきんさん
絵　長谷川露二
※絵本

『**おみかんのおはなし**』　昭和23・11・25　寿書房
おみかんのおはなし
絵　長谷川露二
※絵本

『**海潮音**』　昭和23・12・20　矢貴書店
海潮音／麻雀／外交官／花の詐欺師／みをつくし／かげろう／あとがき
装丁　若山八十

『**翡翠**』　昭和23・12・30　共立書房
翡翠
装丁　向井潤吉

『長篇絵ものがたり　**チョコレートの旅**』　昭和24・1・1　湘南書房
チョコレートの旅
装丁・挿絵　まつもとかつぢ

『**黒薔薇**（くろしょうび）』　昭和24・2・25　浮城書房
黒薔薇
※「黒薔薇」は、大正14年、吉屋信子パンフレット『黒薔薇』（一度だけ主宰した個人雑誌）に連載された「或る愚しき者の話」の改題。

『童貞』 昭和24・4・1　東和社
童貞
装丁　岡村夫二

『青いノート』 昭和24・5・1　東和社
吉屋信子少女小説選集
青いノート／夕月／こねこと章子／冬をめづる子／押込められた納屋の中／手を叩く心／私の文学的自叙伝
装丁　松本かつぢ

『返らぬ日』 昭和24・7・10　大泉書店
〔序〕／再刊に際して／返らぬ日*／裏切り者*／七彩物語*
装丁　中原淳一／挿絵　渡辺郁子

『妻の部屋』 昭和24・11・1　東和社
妻の部屋
装丁　佐藤泰治

『少年』 昭和24・12・1　東和社
少年
装丁　松本昌美／挿絵　辰巳まさ江

『吉屋信子集』 昭和25・3・5　日比谷出版社
日比谷文芸選集
妻も恋す／海潮音*／幻想家族／麻雀*／奏鳴曲／良人の貞操*
装丁　岩田専太郎

『草笛吹く頃』 昭和25・4・30　ポプラ社
まえがき／草笛吹く頃／ぼくは犬です
装丁　松本昌美／挿絵　関川護

『あだ花――女の思える――』 昭和25・7・1　東和社
あだ花――女の思える――
装丁　佐藤泰治

『鏡の花』 昭和25・12・1　太平洋出版社
鏡の花／あとがき
装丁　佐藤泰治

初単行本
「返らぬ日」『返へらぬ日』交蘭社、昭和二年一月
「七彩物語」『返へらぬ日』交蘭社、昭和二年一月
「裏切り者」『返へらぬ日』交蘭社、昭和二年一月
「日曜病」『洎夫藍』宝文館、昭和三年二月
「五月と桐の花」『古き哀愁』交蘭社、大正十四年五月
「讃涙頌」『洎夫藍』宝文館、昭和三年二月
「同性を愛する幸い」『憧れ知る頃』交蘭社、大正十二年四月

河出文庫版は、右記の初単行本を底本として新字・新仮名遣いに改めた上で刊行された、ゆまに書房版『返らぬ日』（二〇〇三年）を底本とし、ルビを適宜付し直した。尚、本文中、今日では差別表現につながりかねない表記があるが、作品が書かれた時代背景と作品の価値をかんがみ、底本のままとした。